REENCONTRO
literatura

Mark Twain

As aventuras de Tom Sawyer

Tradução e adaptação em português de

Edy Lima

Ilustrações de

Ricardo Costa

editora scipione

Gerente editorial
Sâmia Rios
Editora
Maria Viana
Assistentes editoriais
José Paulo Brait
Camila Carletto
Revisora
Ana Carolina Nitto
Editora de arte
Marisa Iniesta Martin
Diagramador
Wander Camargo da Silva

editora scipione

Av. das Nações Unidas, 7221 Pinheiros
CEP 05425-902 – São Paulo – SP

ATENDIMENTO AO CLIENTE
Tel.: 4003-3061

www.coletivoleitor.com.br
e-mail: atendimento@aticascipione.com.br

2022
ISBN 978-85-262-5648-4 – AL
CL: 733424
CAE: 224890
1.ª EDIÇÃO
20.ª impressão
Impressão e acabamento
Gráfica Paym

Traduzido e adaptado de *The adventures of Tom Sawyer*. Londres: Penguin Books, 1994 (Penguin Popular Classics).

Dados Internacionais de Catalogação na Publicação (CIP)
(Câmara Brasileira do Livro, SP, Brasil)

Lima, Edy

As aventuras de Tom Sawyer / Mark Twain; tradução e adaptação em português de Edy Lima; ilustrações de Ricardo Costa. – São Paulo: Scipione, 2004. (Série Reencontro literatura)

Título original: The adventures of Tom Sawyer

1. Literatura infantojuvenil I. Twain, Mark, 1835-1910. II. Costa, Ricardo. III. Título. IV. Série.

04-7721 CDD-028.5

Índices para catálogo sistemático:
1. Literatura infantojuvenil 028.5
2. Literatura juvenil 028.5

SUMÁRIO

QUEM FOI MARK TWAIN?

Romancista de indiscutível importância na literatura americana, Samuel Langhorne Clemens nasceu no Missouri em 1835 e morreu em Connecticut em 1910. Sua família vivia na pequena cidade de Hannibal, às margens do rio Mississípi. Após a morte do pai, em 1847, Samuel deixou a escola para ser aprendiz de tipógrafo no jornal *Missouri Courier*. A partir de 1853, passou a viajar pelo Leste e Meio-Oeste dos Estados Unidos, trabalhando como jornaleiro.

Em 1857, tornou-se piloto de barco a vapor e empreendeu inúmeras viagens pelo rio Mississípi, conhecendo lugares e pessoas dos mais diversos tipos, que mais tarde lhe serviriam de inspiração para compor muitos de seus personagens. Em 1861, participou da Guerra Civil como confederado. Antes de iniciar sua carreira literária, passou algum tempo garimpando ouro em Nevada e trabalhou como jornalista nesse mesmo estado.

Em 1863, adotou o pseudônimo de Mark Twain, termo técnico de navegação que significa "marca de profundidade", para assinar suas histórias bem-humoradas. Em 1870, casou-se com Olivia Langdon e mudou-se para Connecticut, onde alcançou bastante sucesso e popularidade como escritor. Foi durante os anos seguintes que escreveu seus melhores livros, entre eles *Vida no Mississípi* e *As aventuras de Huckleberry Finn*, este último considerado sua obra-prima.

Ao escrever *As aventuras de Tom Sawyer* (publicado em 1876), com base em experiências de sua própria infância, Mark Twain pensou em um livro que pudesse ser lido por adultos e crianças com a mesma intensidade. Tanto que até hoje permanece como uma das obras mais cativantes da literatura infantojuvenil.

Pintura e paixão

– Tom!

Nada de resposta.

– Onde se meteu esse menino? Tom!

Tia Polly puxou os óculos para a testa e saiu para o quintal à procura do sobrinho:

– Tom!

Continuou sem resposta. Só encontrou o garoto na hora do jantar. Não saía de sua cabeça que Tom tinha demorado demais para voltar da escola, e isso não parecia boa coisa. Resolveu sondá-lo para descobrir o que andara aprontando naquela tarde de verão. Perguntou, assim como quem não quer nada:

– Tom, estava muito calor na escola hoje?

– Estava.

– E você pensou em ir nadar...

– Que é isso, tia?

O menino percebeu aonde tia Polly queria chegar, mas ela se considerava muito esperta e continuou o interrogatório:

– E agora? Você ainda está com muito calor? – disse, apalpando a camisa dele, que estava seca.

Tom adivinhou que a próxima etapa seria examinar seu cabelo e adiantou-se:

– Pusemos a cabeça embaixo da torneira para refrescar um pouco.

Tia Polly resolveu apelar para uma prova irrefutável:

– Tom, para molhar a cabeça não é preciso desfazer os pontos que dei em sua camisa. Desabotoe o casaco.

O garoto obedeceu muito satisfeito, pois a costura ainda estava lá. A mulher perdeu a segurança e tratou de se desculpar:

– Achei que você tinha matado a aula para ir nadar, mas agora vejo que me enganei.

Ao contrário de Tom, seu irmão Sid era bem-comportado e não perdia uma oportunidade de acusá-lo. Por isso comentou:

– Tia, pensei que a senhora tivesse costurado a camisa de Tom com linha branca, mas os pontos que estão aí são de linha preta...

Tia Polly se deu conta do logro em que caíra:

– É verdade, Tom! Eu costurei com linha branca...

Antes que ela acabasse de falar, e temendo pelo pior, Tom correu para a rua. Lá fora, examinou as duas agulhas, uma com linha branca e outra com linha preta, que guardava no lado de dentro da lapela do casaco, justamente para safar-se das artimanhas da tia, que costurava sua camisa ora com uma cor de linha, ora com outra, para saber se ele tinha ido nadar quando deveria estar na escola. Enquanto isso, tia Polly pensava em obrigá-lo a trabalhar no sábado, como castigo por ter gazeteado a aula.

E foi isso mesmo que aconteceu: no sábado de manhã, Tom recebeu a tarefa de pintar a cerca da frente da casa. Fizera tantos planos para se divertir e agora estava ali, com um balde de tinta e um pincel de cabo longo, diante da cerca que se estendia por uns trinta metros de comprimento e quase dois de altura. O pior é que a meninada ia passar e fazer troça da situação. Mexeu nos bolsos e só encontrou alguns pedaços de brinquedos quebrados, bolinhas de gude e outros "tesouros" que não chegariam para comprar nem meia hora de trabalho de qualquer menino em um sábado ensolarado.

Nesse momento de tristeza, Tom teve uma ideia brilhante. E pôs-se a pintar a cerca com entusiasmo, às vezes recuando para observar sua obra com orgulho de artista. Foi quando apareceu Ben Rogers. Tom fingiu não vê-lo. O outro parou a seu lado, saboreando uma maçã que deu água na boca de Tom, mas este continuou a pintar com a indiferença superior de um artista embebido em sua criação. Ben Rogers comentou:

– Trabalhando, hein?

– Você chama isto de trabalho? – ironizou Tom.

– Vai dizer que não é?

Tom continuou a pintar a cerca e apenas se dignou a murmurar:

– Não é qualquer um que tem a oportunidade de fazer isto.

– Mas o que há de tão especial em pintar uma cerca de madeira?

– Se você soubesse... Mas esqueça. Isso é para quem pode, e não para quem quer.

– Deixe-me experimentar, para que eu possa saber como é.

– Nem pensar! Para esta tarefa, tia Polly só confia em mim. Acha que Sid também não gostaria de estar aqui usufruindo desta delícia?

– Não seja ruim, me dê uma chance.

– Desculpe, mas não posso.

– Vamos, só um pouquinho. Eu lhe dou o miolo de minha maçã.

– Tenho medo que você não tenha a habilidade necessária...

– Eu lhe dou a maçã inteira!

Tom entregou o pincel, fazendo de conta que isso lhe custava muito, mas na maior alegria. Sua ideia tinha dado certo. Agora era saborear a maçã, enquanto Ben suava ao sol.

Não demorou muito e apareceram outros meninos. Vinham para troçar, mas logo eram vencidos pelo desejo de pintar a cerca. Os negócios de Tom seguiam de vento em popa.

No meio da tarde, a cerca já tinha recebido três mãos de tinta, e Tom era um menino rico: como pagamento, ganhara doze bolinhas de gude, um pedaço de vidro azul, uma chave sem utilidade, um soldadinho de chumbo, meia dúzia de busca-pés, uma coleira de cão (sem o dito-cujo) e inúmeras outras preciosidades, segundo o critério de valores da garotada da aldeia.

Tom foi se apresentar a tia Polly, que dormitava na cadeira de balanço com o gato no colo.

Chegou e disse alto, para acordá-la:

– Agora posso ir brincar?

– Até onde caiou a cerca?

– Fiz tudo.

– Não minta.

– É verdade, pode ir olhar.

Tia Polly não esperava pelo que viu e comentou:

– Isto prova que você pode ser um bom menino quando quer. O trabalho merece recompensa. Venha, que vou lhe dar uma maçã.

Era a segunda que Tom ganhava naquele dia, e o garoto saiu pelas ruas devorando-a com muito apetite.

Ao passar em frente à casa onde morava o garoto Jeff Thatcher, viu uma menina no jardim. Seu coração disparou. Até então, pensava estar apaixonado por Amy Lawrence, mas aí descobriu que tudo não passava de um engano. Seu verdadeiro amor estava naquele jardim.

Ficou por ali até notar que ela também o vira e fez algumas cabriolas para se exibir. A menina tomou o rumo de casa, mas, quando estava junto à porta, pegou um amor-perfeito e jogou para ele. Tom apanhou a flor e colocou-a no bolso do casaco, perto do coração (ou talvez do estômago, porque não sabia nada de anatomia).

A cidade era muito pequena e todos se conheciam. A menina desconhecida, Tom ficou sabendo depois, era filha do juiz Thatcher, irmão do advogado da cidade, que fora transferido para o local e acabava de chegar com a família.

Nem tudo são flores

No caminho da escola, Tom sempre achava algo interessante para fazer. Naquela manhã de segunda-feira, foi o encontro com Huckleberry Finn, o terror das mães. Para elas, Huck desencaminhava seus filhos por não frequentar a escola e viver na rua. Os meninos, ao contrário, achavam que ele tinha muitos atrativos e sempre lhes proporcionava aventuras diferentes e excitantes.

Huck veio ao encontro de Tom, mostrando um gato morto.

– Veja isto aqui, Tom.

– Que vai fazer com ele?

– Enterrá-lo no cemitério.

– Por quê?

– É uma simpatia para eliminar verrugas.

– E daí?

– Tem de ser à meia-noite, perto do túmulo de uma pessoa recém-enterrada.

– Por que à meia-noite?

– É quando os diabos vêm buscar a alma do defunto, se tiver sido alguém mau, como Hoss Williams.

– É no túmulo dele que você vai? Posso ir junto?

– Não tem medo?

– Que é isso?! Pode me chamar, dê uns miados embaixo da janela do meu quarto que vou com você.

– Tá bom, mas trate de atender aos miados, senão fico ali à toa, como da última vez.

– Foi porque minha tia estava me controlando, mas desta vez eu vou.

– Combinado.

Depois dessa parada no caminho, Tom chegou atrasado à escola e sabia que ia receber um castigo. O professor costumava mandar os retardatários sentar na fileira das meninas. Assim que pôs os pés na sala, o garoto percebeu que o único lugar vago na ala feminina era ao lado da nova dona de seu coração. Foi quando o professor perguntou:

– Onde estava até esta hora?

Tom respondeu:

– Parei no caminho para falar com Huckleberry Finn.

Essa era uma falta grave, segundo o código local, e todos ficaram pasmos de Tom dizer tamanha barbaridade. Não houve apelação, o professor indicou o lugar vago na fileira das meninas e ordenou:

– Sente-se lá.

Era o que Tom desejava. Em seguida, para chamar a atenção da bela desconhecida, pôs-se a desenhar e fingiu que não queria que o desenho fosse visto, ocultando-o com a mão. Deu resultado, e a menina indagou:

– Que você está escondendo?

– Nada.

– Deixe-me ver.

Tom mostrou o desenho, e ela aprovou:

– Que bonito! Gostaria de saber desenhar.

– É fácil, eu lhe ensino.

– Quando?

– Ao meio-dia, na hora do almoço. Como é seu nome?

– Becky Thatcher.

O diálogo foi interrompido pelo professor, que gritou:

– Thomas Sawyer, mude de lugar! Volte para a fileira dos meninos!

Tom obedeceu sem muita contrariedade.

Na hora da saída, aproximou-se de Becky e combinou:

– Fingimos que vamos para casa e voltamos.

Quando tornaram a encontrar-se na escola, estavam a sós. Tom começou a aula de desenho, segurando a mão de Becky para guiá-la. Um pouco depois, perguntou:

– Você já esteve noiva?

– O quê?

– Prometida em casamento.

– Nunca. Como é isso?

– Muito simples: basta afirmar que nunca gostou de outra pessoa, dar um beijo e pronto.

– Um beijo? Para quê?

– É assim que fazem os que se amam, e eu amo você. Agora você diz o mesmo para mim.

Ela resistiu um pouco, depois concordou:

– Você não conta a ninguém?

– Nunca. Diga, vamos.

– Vire o rosto para o outro lado.

Tom obedeceu, e ela murmurou:

– Eu amo você.

Em seguida começou a correr em volta das carteiras. Ele a perseguiu e, por fim, a menina se deixou apanhar.

– Becky, falta o beijo.

Ela acabou cedendo, e Tom lhe disse:

– Agora, Becky, não pode amar outro, nem casar com outro, tá certo?

– Você também não pode amar outra, nem casar com mais ninguém.

– Claro, é assim mesmo. Vamos vir sempre juntos para a escola, que é como fazem os noivos.

– Como sabe isso?

– É que quando eu e Amy Lawrence...

O rosto de Becky mostrou a Tom o disparate que ele tinha acabado de dizer. O garoto ficou mudo, e ela reclamou, com voz de choro:

– Então já foi noivo antes?

– Não se aborreça, eu não gosto de Amy.

– Gosta, sim – e se pôs a soluçar.

– Becky, eu só gosto de você.

Ela continuou a chorar. Tom tirou do bolso seu maior tesouro, uma maçaneta de latão, e ofereceu à menina:

– Por favor, Becky, aceite isto.

Ela jogou o presente no chão.

Tom foi embora decidido a não voltar à escola naquele dia. E Becky teve de engolir as lágrimas, porque os outros alunos voltavam para o período da tarde.

Enquanto isso, Tom entrava na mata e sofria pelo que acontecera. Tivera a melhor das intenções e fora tratado como cão. Talvez um dia Becky se arrependesse. O garoto sentia vontade de morrer. O defeito da morte é ser definitiva; se fosse temporária, ele não pensaria duas vezes.

Cemitério à meia-noite

Às nove e meia daquela noite, como de costume, Tom e Sid foram dormir. Sid adormeceu rapidamente, mas Tom precisava ficar acordado para esperar o chamado de Huckleberry Finn. Evitava se mexer na cama, como gostaria de fazer, para não despertar o irmão.

Tentou distrair-se com os ruídos que cortavam a noite silenciosa. Do quarto ao lado vinha o ressonar de tia Polly; lá fora, o cri-cri de um grilo; de longe, o latido de um cachorro, a que muitos outros respondiam. O zumbido de um besouro junto à sua cabeceira fez o menino estremecer: aquilo anunciava a morte de alguém.

Quando parecia haver passado uma eternidade, o relógio soou dez badaladas.

Era cada vez mais difícil ficar acordado, e Tom começou a cochilar. Nem ouviu as onze badaladas. Mas logo despertou com miados estridentes e o barulho de uma garrafa jogada contra o barracão do fundo, seguido do grito:

– Saia daí, gato maldito!

Em menos de um minuto, Tom se vestiu e saltou pela janela, arrastando-se pelo telhado e miando de vez em quando para dar cobertura à própria fuga.

Na rua, encontrou Huckleberry Finn com o gato morto. Os dois tomaram o rumo do cemitério, aonde chegaram meia hora depois. Se no caminho tinham falado pouco, agora estavam mudos. O lugar e a hora davam certa solenidade à situação.

Caminharam entre os túmulos até encontrar a cova que buscavam. Esconderam-se entre os olmos e ficaram à espera da meia-noite. Tom perguntou:

– Huck, você acha que Hoss Williams sabe que estamos aqui?

– Com certeza, mas deve estar mais preocupado com os demônios.

– Cuidado! Acho que vem alguém aí.

– Devem ser os demônios em busca de sua alma.

– Será que vão nos ver?

– Eles enxergam no escuro, como os gatos.

– Olhe ali! O que é aquilo?

– É o fogo do inferno.

Algumas figuras, que pareciam sombras, aproximaram-se balançando uma lanterna. Huckleberry sussurrou:

– São os diabos. Você sabe rezar?

– Vou tentar. Talvez não nos façam mal...

– Psst!

– Que foi?

– São humanos. Um deles é Muff Potter.

– Como sabe?

– Conheço a voz. Fique quieto. Ele deve estar bêbado, como sempre, e com certeza não vai notar nossa presença.

– Huck, acho que conheço a outra voz. É de Injun Joe.

Todos acrescentavam "Injun" ao seu nome, porque ele era descendente de indígenas, e assim o distinguiam dos outros Joes da cidade.

Os meninos se calaram quando os homens se aproximaram da sepultura, bem perto de onde estavam escondidos.

Uma terceira voz disse:

– É aqui!

O dono da voz ergueu a lanterna. Era o jovem doutor Robinson.

Potter e Injun Joe largaram no chão uma padiola e uma corda e começaram a cavar a sepultura com as pás que haviam trazido. O médico posicionou a lanterna, de modo a iluminar o trabalho dos outros dois, sentou-se encostado a um olmo, junto aonde estavam Tom e Huck, e disse:

– Depressa, antes que a lua apareça.

Durante algum tempo, só se ouviu o cavar das pás, mas o som mudou quando estas alcançaram a madeira do caixão. Com rapidez, os homens içaram o ataúde para fora, abriram a tampa e tiraram o cadáver, jogando-o no chão. Nesse momento, a lua saiu de trás das nuvens e iluminou o rosto do defunto. Os ladrões colocaram o corpo na padiola, jogaram um cobertor por cima e o amarraram com a corda. Potter pegou uma navalha, cortou a ponta da corda e falou áspero para o doutor Robinson:

– Pague mais cinco, ou ele fica aqui!

– Muito bem – apoiou Injun Joe.

– Que é isso? – estranhou o médico. – Vocês exigiram pagamento adiantado e eu já paguei.

Injun Joe aproximou-se de Robinson e o ameaçou com a mão erguida:

– Você deve muito mais! Ou acha que esqueci quando me expulsou da casa de seu pai, chamando-me de vagabundo? Agora vamos ajustar a conta.

O doutor Robinson deu-lhe um soco inesperado, que o derrubou. Potter saiu em defesa do amigo e se atracou com o médico. Os dois rolaram no chão. Injun Joe, com os olhos brilhando de ódio, apanhou a navalha que Potter tinha deixado cair e ficou rodeando os dois, à espera de uma oportunidade para concluir sua vingança.

Em certo momento da luta, o doutor pegou a tabuleta de madeira do túmulo de Hoss Williams e bateu em Potter, que rolou desacordado. No mesmo instante, Injun Joe feriu de morte o jovem médico, que caiu sobre Potter, encharcando-o com seu sangue. As nuvens tornaram a cobrir a lua. Em meio à escuridão, os dois meninos fugiram apavorados.

Quando a lua voltou a brilhar, Injun Joe continuava contemplando os dois vultos no chão. O doutor Robinson murmurou algo e deu seu último suspiro. O assassino praguejou:

– Acertamos nossa conta, maldito!

Em seguida pegou a navalha, colocou-a na mão de Potter e sentou-se no caixão desmantelado. Alguns minutos depois, Potter começou a se mexer e apertou o cabo da navalha na mão. Logo deixou-a cair e empurrou o corpo do médico para longe de si. Olhou em volta estonteado e viu Joe, a quem indagou:

– Que é isso?

– Uma encrenca danada! Você não devia ter feito uma coisa dessas.

– Que foi que eu fiz?

– Vai dizer que não sabe?

– Não bebi hoje, mas deve ser o álcool de ontem... Minha cabeça está confusa, não me lembro de nada. Diga uma coisa, Joe, fui eu que fiz isso?

– Foi assim: vocês estavam lutando e o doutor o atingiu com a tabuleta do túmulo. Então você o feriu com a navalha, mas ele ainda conseguiu acertá-lo outra vez. Aí você desmaiou, e ele acabou morrendo.

– Nunca matei ninguém. Já lutei, mas nunca feri alguém com uma arma. Deve ser esse maldito uísque e este horrível trabalho que a gente aceitou fazer. Por favor, Joe, não conte nada a ninguém.

O infeliz caiu de joelhos e implorou ao assassino que o protegesse. Então o bandido respondeu:

– Serei leal com você como sempre foi comigo.

– Obrigado, Joe. Nunca me esquecerei disso. Vou abençoá-lo por toda a minha vida.

– Pare com essa lamúria, vamos embora! Você por um caminho e eu por outro.

Muff Potter saiu rápido e logo se pôs a correr. Injun Joe murmurou:

– Tudo bem, se já está com tanto medo agora, nunca vai voltar para buscar a navalha que esqueceu.

Minutos depois, a lua brilhou outra vez, iluminando o homem assassinado e o outro cadáver, enrolado no cobertor ao lado do caixão vazio. O silêncio era total.

Juramento e desilusão

Apavorados, os dois meninos correram de volta para casa. Quase sem fôlego, de vez em quando olhavam para trás com medo de serem seguidos. Cada tronco de árvore parecia um inimigo, e os latidos dos cachorros soavam assustadores.

– Não aguento mais! – resfolegou Tom. – Vamos tentar chegar ao curtume e descansar um pouco.

Fixada a meta, parecia mais fácil alcançá-la. Redobraram o esforço e transpuseram a grande porta aberta, jogando-se no chão, exaustos. Aos poucos, sentindo-se abrigados, foram recobrando as forças, e Tom perguntou:

– Huckleberry, como você acha que vai terminar isso?

– Não acho, tenho certeza: se o doutor Robinson morrer, isso termina em enforcamento.

– Quem vai contar o que aconteceu? Nós?

– Nem pensar! Caso Injun Joe não seja enforcado, ele nos mata. Se alguém tiver de falar, que seja Muff Potter.

– Ele não pode fazer isso. Não viu nada!

– Como?

– Na hora em que Injun Joe fez o que nós sabemos, Muff Potter estava desmaiado da pancada que levara.

Passado algum tempo, Tom tornou a falar:

– Huck, você tem certeza que vai se manter calado?

– Não há outro jeito, temos de ficar mudos. Injun Joe é um demônio e nos mataria se escapasse à forca. O melhor é jurarmos um ao outro que vamos continuar de boca fechada.

– Concordo. É isso mesmo, a gente aperta as mãos e jura...

– Não. Isso vale apenas para coisas sem importância. Agora é diferente, precisamos de um juramento por escrito. E de sangue.

Tom entusiasmou-se com a ideia. Era "profunda, escura e medonha"; a hora, as circunstâncias e o lugar vinham a calhar, combinavam com ela. Pegou do chão um pedacinho de madeira, tirou do bolso um toco de creiom e rabiscou a mensagem, apertando a língua entre os dentes para mostrar a dificuldade da tarefa:

Huck Finn e Tom Sawyer juram permanecer calados.
Se violarem o segredo, devem cair mortos.

Huckleberry ficou boquiaberto de admiração diante daquela linguagem sublime e perguntou:

– E o sangue?

Tom recorreu às agulhas que trazia na lapela do casaco. Com uma delas, furou o dedo mindinho e assinou com o sangue suas iniciais: TS. Depois, Huck pegou outra agulha e a usou no próprio dedo, e o amigo o ajudou a assinar HF.

O juramento solene estava feito. Em seguida, enterraram a tabuinha junto à parede com algumas palavras cabalísticas e sentiram-se seguros de nunca abrir a boca sobre o assunto proibido.

Sem que os meninos percebessem, um vulto esgueirou-se na sombra para dentro do casarão em ruínas. Um cachorro uivou bem próximo dali, e os dois amigos estremeceram de pavor. Huck balbuciou:

– Para qual de nós ele anuncia a morte?

Tom, tremendo de medo, espiou por uma fresta da parede e confirmou o agouro:

– É um cachorro desconhecido.

– Qual de nós dois ele procura?

– Tanto faz, estamos juntos nesta encrenca.

Logo depois, aliviado, Tom anunciou:

– Huck, ele está indo em outra direção.

– Pode ser que o uivo não tenha sido para nós.

Nesse momento, escutaram um ruído esquisito como um resfolegar. Tom observou:

– Parece um porco grunhindo.

– Acho que é uma pessoa roncando, ali do outro lado.

Tom ficou afoito:

– Vamos até lá.

– E se for Injun Joe?

A curiosidade foi mais forte, e os dois se arriscaram, com cuidado. Quando chegaram perto, Tom pisou num graveto, que estalou, e o homem que ressonava mexeu-se. O luar bateu em seu rosto: era Muff Potter.

Ao verem o homem se mover, o coração dos meninos quase saiu pela boca, mas afastaram-se mais tranquilos ao perceber que ele continuava dormindo. Passaram por uma fresta da cerca e pararam. Nesse instante, avistaram o cachorro uivando na direção em que estava Muff Potter. Entreolharam-se, e um deles disse:

– O uivo é para ele.

– Muff Potter está perdido.

Separaram-se, indo cada um para o seu lado.

Quando Tom escalou a janela de seu quarto, o dia estava quase amanhecendo. Despiu-se com cuidado e enfiou-se na cama, satisfeito por ninguém ter tomado conhecimento de sua escapada. Nem desconfiou que Sid estava acordado, fingindo dormir, e que acompanhava todos os seus movimentos.

Acordou tarde e estranhou que ninguém o tivesse chamado, como de costume. Vestiu-se depressa, deixando o sono de lado. Um mau pressentimento o fazia vencer a preguiça matinal de sempre.

A família ainda estava à mesa, embora já tivesse tomado café. Tia Polly não ralhou com ele, mas havia um ar solene e um silêncio que não pareciam de bom agouro. Sentou-se tentando mostrar-se alegre, mas ninguém lhe deu atenção.

Depois do café, a tia o chamou à parte, e então foi o pior. Ela se lamentou:

– Como você pode maltratar sua velha tia a ponto de quebrar-lhe o coração? Será, Tom, que você não percebe que está me matando com seu comportamento maldoso?

– Tia, prometo nunca mais fazer isso. Por favor, tiazinha querida, confie em mim!

– Está bem, Tom, vou fazer de conta que acredito, mas só me convenço quando você cumprir sua promessa.

Era horrível ouvir aquilo. Tom saiu tão triste que Sid nem precisaria ter se escondido no fundo da casa. O menino havia perdido qualquer ímpeto de bater no irmão.

Foi para a escola e, mal chegou, o professor lhe deu uma bronca por ter se atrasado. Como se tudo isso não bastasse, ao apoiar o cotovelo na carteira, sentiu algo duro e viu um pequeno pacote. Desembrulhou, e lá estava a maçaneta que dera de presente a Becky.

Cemitério ao meio-dia

A notícia correu com a rapidez do vento. Antes do meio-dia, todos ficaram sabendo do assassinato do jovem doutor Robinson. As aulas foram suspensas e a meninada correu para o cemitério, onde já estava toda a população. A navalha, encontrada junto ao corpo, tinha sido identificada como de Muff Potter, e a polícia estava no seu rastro.

Tom, em meio à multidão, mal acreditava que estivera ali poucas horas antes. Seu olhar cruzou com o de Huckleberry Finn, e ambos sentiram medo que alguém notasse sua cumplicidade. Vozes gritaram:

– Lá vem ele!

– Quem?

– Muff Potter.

Tom olhou para Injun Joe, que mostrava a maior indiferença.

A multidão abriu caminho para o xerife, que segurava o braço de Muff Potter. Ao chegar perto do corpo do doutor Robinson, o infeliz tremia e se pôs a chorar, lamentando-se:

– Não fui eu que fiz isso, juro que não fui eu!

– Quem o acusou? – perguntou uma voz.

Muff olhou desesperado para Injun Joe e disse:

– Você prometeu que nunca...

A voz do xerife inquiriu:

– Esta navalha é sua?

O pobre coitado implorou a Injun Joe:

– Vamos, conte tudo como aconteceu.

Tom e Huck ficaram espantados com a forma mentirosa de Injun Joe contar o fato. Omitia detalhes e falava na luta entre o doutor e Muff, tornando a culpa deste inapelável. Para os meninos, o mínimo que podia acontecer era Injun ser fulminado por um raio, mas não houve nada, o que os levou a concluir que o bandido tinha um pacto com o demônio.

Nas noites seguintes, o terrível segredo de Tom e sua consciência pesada perturbaram-lhe o sono. Certa manhã, quando tomavam café, Sid disse:

– Você fala e se mexe tanto enquanto dorme que me acorda várias vezes por noite.

– Isso é mau sinal – opinou tia Polly. – Que está acontecendo com você, Tom?

– Nada, tia – a mão do menino tremeu e derrubou o café.

– Ele diz cada coisa... – continuou Sid. – Esta noite, gritava "Sangue, sangue!"

Tom sentiu que lhe faltava o chão, mas felizmente tia Polly veio em seu socorro, afirmando:

– É por causa desse maldito crime. Eu também tenho tido sonhos a esse respeito.

Uma vez ou outra, durante esse tempo terrível, Tom ia ver Muff Potter, através da janela gradeada da prisão, e levar alguma coisa para confortá-lo. Essa era uma maneira de aliviar seu próprio sofrimento, mas a tentativa não teve muito efeito.

Uma preocupação maior, que veio desviar sua atenção do crime, foi saber que

Becky Thatcher estava doente. A cada dia que a menina não ia à escola, aumentavam a ansiedade de Tom em relação a sua saúde e o receio de que ela morresse.

Todo o encanto da vida tinha desaparecido. Tom não se interessava mais por brincadeiras, nem mesmo por gazetear a aula. Andava triste e desanimado.

Se as coisas já estavam ruins, ficaram piores quando tia Polly resolveu cuidar da saúde do sobrinho, achando que precisava tratá-lo com um novo tônico contra a melancolia.

– Tom, este é um remédio excelente para revigorar e dar mais energia.

Falou isso já com uma colher do elixir milagroso na mão, e Tom não teve outra alternativa senão engolir aquele fogo líquido, que o fez dar alguns pinotes. A tia achou ótimo:

– Você vai ficar bom.

Tom percebeu que era melhor concordar do que refutar, e disse:

– Quero tomar muitas vezes esse remédio, pode deixar o frasco comigo.

– Tudo bem, mas não exagere: de três em três horas, é o que manda a bula.

– Vou obedecer e logo estarei curado.

Decidiu que ia livrar-se daquela tristeza que o estava matando. Porém, quanto ao tônico, sua ideia foi despejá-lo às colheradas numa frincha do soalho. Um dia, enquanto realizava essa tarefa, Peter, o gato de tia Polly, se aproximou miando, como se quisesse experimentar o que Tom tinha na colher. O menino foi leal com ele:

– Não me peça isso, meu caro, a não ser que queira mesmo tomar.

Peter continuou miando e se esfregando em Tom.

– É melhor ter certeza.

O gato insistia.

– Você pediu. Se não gostar, a culpa é sua.

Peter miou de novo. Tom abriu-lhe a boca e despejou uma colher do tônico. O gato deu um salto de quase dois metros de altura, acompanhado de um miado estridente, e se pôs a correr casa adentro, tropeçando nos móveis, destruindo tudo que encontrava no caminho.

Depois, equilibrou-se nas patas traseiras e deu pulinhos esquisitos, com guinchos que demonstravam uma felicidade irreprimível. Em sua carreira maluca, voltou ao quarto de Tom e deu várias cambalhotas no momento em que tia Polly o seguia, espantada com o comportamento do bichinho de estimação. Nessa altura, o menino rolava no chão de tanto rir.

A tia desconfiou da participação do sobrinho na transformação do gato e perguntou, olhando por cima dos óculos:

– Que aconteceu, Tom?

– Não sei, tia.

– Por que ele está desse jeito?

– Acho que os gatos sempre se portam assim quando estão muito contentes.

Tia Polly olhou para a colher suja de tônico, que tinha ficado ali, e perguntou:

– Será possível que você tenha dado o remédio a esse pobre animalzinho?

– Fiquei com dó do coitado, por ele não ter uma tia.

– Não ter uma tia? Como assim? O que uma coisa tem a ver com a outra?

– Claro! Se ele tivesse uma tia, ela já lhe teria enfiado o tônico pela garganta para queimar suas entranhas.

Tia Polly entendeu o recado, sentiu remorso e resolveu se justificar:

– Fiz isso na melhor das intenções, para curar você daquela tristeza e falta de entusiasmo...

– Eu também fiz com a melhor das intenções, e veja como Peter ficou animado.

– Vá embora daqui, antes que eu perca a paciência!

Tom chegou à escola antes da hora, o que era estranho. Mas seu interesse era a saúde de Becky. Ficou do lado de fora do portão e, a cada menina que via, seu coração se alvoroçava, até perceber que tinha se enganado. Desiludido em suas esperanças, entrou no pátio e, de repente, viu chegar a dona de seus pensamentos. Foi como se tivesse tomado uma colherada do tônico: pôs-se a correr e a saltar, dando cabriolas, plantando bananeiras e se aproximando de Becky, para que a menina o notasse. Ela não teve piedade e falou alto, para que Tom ouvisse:

– Certas pessoas pensam que são muito engraçadas e gostam de se exibir.

Aquilo foi como um balde de água fria. Tom perdeu o interesse pela escola e saiu para a rua sem intenção de voltar naquela tarde.

Heroica vida de pirata

Tom se sentia desiludido da vida. Tinha apostado tudo na volta de Becky à escola e em sua reconciliação com a menina. Além disso, a consciência o incomodava por deixar Muff Potter ser preso injustamente, quando sabia a verdade sobre o assassinato do doutor Robinson. Esses dois aborrecimentos o fizeram caminhar por um lugar pouco frequentado, onde a chance de encontrar alguém era remota.

Por coincidência, lá andava também seu melhor amigo, Joe Harper. Em vez da baderna e gritaria de quando gazeteavam a aula, desta vez olharam-se com certa tristeza, e Joe comentou:

– Minha vida não vale nada, minha mãe me acusou de comer um doce que eu nem sei o que era. Tenho certeza que ela me detesta. Vou fugir de casa.

– Podemos fugir juntos. Vamos para a ilha Jackson viver como piratas!

A ilha ficava logo ali, no meio do rio, e era uma faixa comprida de terra desabitada, que sempre alimentava sonhos de fuga da garotada.

– Quando estivermos longe, todos vão lamentar o mal que nos fizeram.

– Principalmente quando nos tornarmos piratas famosos. Vamos convidar Huckleberry Finn para ir junto!

Huck aceitou. Combinaram encontrar-se num ponto solitário da praia à meia-noite, que era a hora preferida para grandes aventuras.

Tom chegou na hora marcada, trazendo presunto e outras coisas que considerava essenciais. Em um rochedo de onde se avistava o lugar do encontro, assobiou. Os outros dois amigos já estavam lá e responderam com assobios. Uma voz indagou:

– Quem vem lá?

– O Vingador Negro! Identifiquem-se.

Huck respondeu:

– Aqui é Mãos Sangrentas.

E Joe falou:

– O Terror dos Mares.

Esses nomes eram tirados dos livros que Tom e Joe gostavam de ler.

Tom ainda insistiu:

– Qual é a senha?

Responderam em coro:

– Sangue!

Tom jogou o presunto e as outras tralhas e escorregou pelo rochedo, rasgando as calças e a pele. Havia um caminho suave para chegar até a praia, mas escolhê-lo pareceria menos heroico.

Para navegar até a ilha Jackson, usaram uma jangada velha que estava abandonada por ali. Durante o trajeto, davam vozes de comando sem o menor sentido real:

– Icem as velas!

– Mantenham a direção!

– Navegar a noroeste!

Pelas duas horas da manhã, aportaram na ponta da ilha e descarregaram a jangada. Acenderam uma fogueira e, na frigideira levada por Huck, fritaram o toucinho trazido por Joe, que comeram com muito pão. Estavam radiantes e, apesar do calor, decidiram dormir junto ao fogo. Esta parecia ser uma atitude mais apropriada para piratas perigosos.

– É desta vida que gosto! – exclamou Tom.

– O que os piratas têm de fazer? – perguntou Huck.

– Combater, assaltar navios, acumular tesouros e às vezes se apaixonar.

Pouco a pouco a conversa foi morrendo, os olhos fecharam pesados, e os inofensivos piratas mergulharam no sono dos justos e cansados.

Na manhã seguinte, os meninos acordaram cheios de energia e logo caíram no rio. Depois de muitas brincadeiras chegou a fome, e os aventureiros voltaram para o lugar que chamavam de acampamento. Huck descobriu uma fonte de água límpida, que todos beberam em folhas de carvalho com o sentimento de liberdade. Comeram um pouco de presunto e, em seguida, decidiram que pescar seria divertido, além de garantir comida.

Acharam o almoço delicioso e ficaram a curtir o sol da tarde, deitados de barriga para cima. De repente, escutaram um som estranho seguido de um estrondo.

– Que é isso?

– Não é trovoada.

– Vamos espiar da margem.

Viram o conhecido vaporzinho de transporte bordejando além da cidade, com muita gente no convés. A sua volta, inúmeros barcos a remo que chegavam mais perto da costa. De repente, Tom exclamou:

– Alguém se afogou!

– O tiro de canhão é para o corpo vir à tona – concluiu Joe.

– Quem terá sido? – foi a dúvida de Huck.

Tom riu satisfeito:

– Fomos nós.

Sentiram-se heróis. Estavam sendo procurados.

Nada melhor do que saber que a família e os conhecidos lhes davam valor e lamentavam não ter percebido isso antes. Deviam estar sendo invejados pelos outros meninos, e Tom pensou que Becky, com certeza, também estava arrependida do que fizera.

Voltaram ao acampamento cheios de orgulho, e foi com sabor de vitória que devoraram o peixe do jantar.

Quando a noite caiu, Tom e Joe tiveram pensamentos menos gloriosos. Sentiram saudades da família e só não entregaram os pontos por medo de serem chamados de covardes.

Mais um pouco e Huck adormeceu. Joe o seguiu. Tom ficou olhando as labaredas e tomou sua decisão. Sem fazer qualquer ruído, apanhou dois pedacinhos de casca de árvore e nelas escreveu mensagens com um prego. Deixou uma delas no chapéu de Joe, com alguns dos seus mais preciosos bens: um pedaço de giz, uma bola de borracha, três anzóis e uma bolinha de gude de "cristal verdadeiro". Arrastou-se para longe dos amigos e tomou o rumo da margem.

A morte anunciada

Pouco depois, Tom chegou à beira do rio. Ali a água era baixa e fácil de vencer a pé, por isso guardou suas forças para nadar os últimos cem metros. Houve um momento difícil em que teve de enfrentar a contracorrente, mas alcançou o outro lado a tempo de aproveitar a última viagem a vapor para a cidade.

Não teve dificuldade em esconder-se embaixo dos bancos e ir até o fim da linha. Tomou cuidado para não ser visto e chegou à casa de tia Polly.

Entrou no quintal saltando a cerca e tomou o rumo da única janela iluminada. Espiou pela vidraça e viu na sala sua tia e seu irmão, além da mãe de Joe. Empurrou a porta com cuidado e conseguiu enfiar a cabeça para dentro. Ouviu tia Polly dizer:

– Acho que o vento abriu a porta. Vejam como a luz da vela está tremendo. Vá fechá-la, Sid.

Tom arrastou-se rápido e tratou de se esconder antes de ser visto.

A voz de tia Polly continuou, dirigindo-se agora à senhora Harper:

– Como ia dizendo, ele não era um menino mau, apenas muito inquieto.

– O meu pobre Joe também não fazia nada por maldade. Não me conformo em saber que nunca mais vou tê-lo perto de mim!

As duas puseram-se a chorar. Lágrimas correram igualmente pelo rosto de Tom, pois o menino também sentia muito a própria morte.

Tia Polly se lamentou:

– Se pudesse voltar atrás... Ainda ontem repreendi Tom porque deu o tônico para o gato beber. Nunca imaginei que ia perdê-lo para sempre – falava e soluçava.

A mãe de Joe, também entre lágrimas, confessou:

– Acho que nem sempre lhe dei o carinho que merecia. Eu exigia demais dele, pobre Joe.

Pela conversa, Tom entendeu que, a princípio, todos pensaram que os meninos haviam se afogado enquanto nadavam. E que, em seguida, deram pela falta da jangada e acharam que eles podiam ter tentado alguma aventura.

Quando a jangada foi encontrada muitas milhas abaixo, levada pela correnteza, tiveram certeza da desgraça. Perdida toda a esperança, seriam realizados no domingo os serviços fúnebres pelas almas de Tom e Joe.

A senhora Harper se despediu, e as duas mulheres se abraçaram chorando. Tia Polly mandou Sid deitar-se e logo em seguida também se acomodou para dormir.

Tom ainda esperou um pouco, depois espiou a tia adormecida e pensou em deixar-lhe o outro recado escrito na casca de árvore. Desistiu, achando que ia estragar a surpresa que estava preparando. Viu que a velhinha ressonava, aproximou-se de manso e deu-lhe um beijo. Em seguida afastou-se e saiu, fechando a porta atrás de si.

Fez o caminho de volta e chegou à ilha com o sol alto. Huck e Joe faziam a primeira refeição em volta do fogo e comentavam o desaparecimento do companheiro:

– Acho que Tom vai voltar, embora tenha deixado este bilhete dizendo que todos os seus bens são para nós.

– Não acredito que ele tenha nos abandonado.

Tom ouviu as palavras e respondeu:

– Estou aqui, gente!

Depois da refeição, Joe e Huck foram nadar e viver aventureiramente. Tom ficou descansando, deitado no chão. Estava nostálgico e escreveu o nome de Becky na areia, apagando-o em seguida.

De tarde jogaram bolinhas de gude até se fartar, mas pareciam desinteressados da vida de piratas. Joe teve a coragem de dizer:

– Gente, isto aqui está muito chato, vou voltar para casa agora mesmo.

Tom ironizou:

– Faça como quiser. Eu e Huck vamos procurar tesouros, porque antes de nós deve ter havido outros piratas por aqui.

Huck respondeu:

– Nada disso, Tom, eu vou com Joe.

Pelo jeito, aquilo era um motim, e Tom teve de jogar seu último trunfo:

– Esperem, tenho um segredo que vai segurá-los aqui, pelo menos até sábado.

Os outros pararam para ouvir, mas sem muito entusiasmo.

Quando ficaram sabendo da novidade, gritaram ardorosamente:

– Maravilha!

– Melhor que a encomenda!

Naquela noite houve uma tempestade, que teria feito qualquer pirata querer voltar para casa, mas os meninos aguentaram firme, porque valia a pena o que os esperava.

Os mortos ressuscitados

No sábado, a cidadezinha amanheceu mais tranquila do que de costume. Amigos e familiares estavam com o pensamento nos meninos mortos e lamentando-se da perda.

De tarde, Becky Thatcher foi até a escola, que estava deserta, e andou solitária pelo pátio, pensando na maçaneta dourada que devolvera a Tom. Arrependia-se das palavras ásperas que pronunciara; a tristeza tomou conta de seus pensamentos quando soube que não iria vê-lo nunca mais.

Os colegas de escola tentavam aproveitar o dia livre para brincadeiras, mas logo perdiam o entusiasmo ao se lembrar do que tinha acontecido, e a conversa acabava girando em torno de Tom e Joe. As crianças disputavam para saber quem fora o último a falar com um deles, e todos afirmavam ter ouvido frases proféticas que anunciavam o que viria a acontecer. Até mesmo detalhes insignificantes do relacionamento anterior com os desaparecidos tomavam uma dimensão inesperada e tornavam o fato muito importante.

Na manhã de domingo, depois da aula de religião, em vez do toque usual para chamar os fiéis, o sino dobrou pelos mortos. As pessoas chegaram falando sobre a tragédia, mas na igreja ficaram em silêncio respeitoso. Os últimos a entrar foram os familiares enlutados, que caminharam até os primeiros bancos, reservados para eles.

O pastor ergueu as mãos e rezou, depois fez uma pregação falando de Tom e Joe, ressaltando suas qualidades e contando fatos que antes eram vistos como travessuras e agora se convertiam em virtudes.

As palavras do sacerdote tocaram de tal forma os sentimentos da comunidade que todos se puseram a cantar "Eu sou a ressurreição e a vida".

Nessa altura, escutou-se um leve ruído vindo do fundo da igreja e, em seguida, um ranger de porta. O pastor ergueu os olhos naquela direção, e os fiéis fizeram o mesmo. Mudos de espanto, viram Tom, Joe e Huck caminhando pela nave.

As famílias correram em direção aos seus "ressuscitados", e Huck ficou deslocado sem ser abraçado por ninguém. Tom falou para tia Polly:

– Não é justo que ninguém se alegre em ver o pobre Huckleberry Finn vivo.

Ela então abraçou o menino, dizendo:

– Pobre de você que não tem família!

A emenda tinha ficado pior do que o soneto, mas o pastor salvou a situação:

– Todos juntos, cantemos o hino: "Deus seja abençoado pelas graças que nos concede".

A emoção apagou o ridículo de terem chorado a morte dos vivos. O grande segredo de Tom era esse: que os meninos assistissem a seus próprios funerais.

Eles haviam deixado a ilha na noite de sábado, montados num tronco de árvore, e ficaram nos arredores da cidade. Ao clarear do dia, vieram até a igreja e esconderam-se numa galeria lateral.

O domingo passou entre muitos beijos e abraços. Mas, no café da manhã de segunda-feira, tia Polly se lamentou:

– Foi uma brincadeira de mau gosto nos deixar aflitos durante quase uma semana, enquanto vocês se divertiam. O que mais me dói é sua falta de coração. Se puderam voltar ontem, não custava nada terem enviado um aviso de que estavam vivos.

– Isso teria estragado a surpresa de nossa chegada.

– Pensei que gostasse mais de mim.

– Tia querida, eu a amo.

– Mas não parece.

– Não me portei como a senhora queria, mas pelo menos sonhei que lhe fiz uma visita...

– Já é alguma coisa.

– Sonhei que na quarta-feira à noite a senhora e a mãe de Joe Harper falaram em mim e nele. A senhora até lembrou aquela história do gato e do tônico...

– Oh, meu Deus! Que mais, Tom?

– Houve um momento em que o vento soprou, fazendo tremer a luz da vela, e a senhora mandou Sid fechar a porta...

Nessa altura, Sid desconfiou e disse:

– Parece muito detalhe para um sonho.

A tia continuava interessada:

– Não interrompa, Sid. Deixe-o contar.

Tom continuou:

– A senhora e a mãe de Joe choraram abraçadas.

– Exato! É como se você tivesse estado aqui.

Tia Polly abraçou e beijou Tom, sob o olhar desconfiado de Sid.

Os meninos foram para a escola, e a tia decidiu ir à casa da senhora Harper para contar o sonho maravilhoso de Tom.

Na escola, Tom e Joe sentiram-se como heróis. Eram olhados com admiração pelos garotos menores, que os rodeavam, pedindo para contarem suas aventuras. Os colegas maiores fingiam indiferença, mas não conseguiam esconder a curiosidade e a ponta de inveja que sentiam. As meninas mostravam claramente quem gostariam de namorar.

Essas demonstrações subiram à cabeça de Tom, que resolveu fingir indiferença em relação a Becky e esperar que ela lhe pedisse desculpas. Com o rabo do olho, viu-a chegar e enturmou-se com um grupo de meninos e meninas. Continuou controlando Becky e percebeu sua manobra de brincar sempre perto de onde ele estava para ser notada. Considerou que podia se dar ao luxo de ignorá-la sem perdê-la e, para fazer-lhe ciúmes, aproximou-se de Amy Lawrence.

As manobras de Tom foram percebidas por Becky, que resolveu dar o troco, falando a uma outra menina, de modo que ele pudesse ouvir:

– Minha mãe me deixou organizar o piquenique e quero convidar você.

– Que bom! E quem mais vai?

– Os meus amigos, é claro. Quem eu quiser.

Outras meninas se candidataram ao convite, e Becky foi estendendo-o aos colegas em geral, menos a Tom e Amy.

Tom sentiu o golpe e afastou-se com Amy. Becky procurou disfarçar a mágoa com a alegria forçada por causa do piquenique, mas, intimamente, procurava um jeito de se vingar. Para colocar seu plano em prática, a menina escolheu Alfred Temple, com quem se pôs a olhar um livro de figuras. Nisso, os dois ficaram com as cabeças muito próximas uma da outra. Até aquele momento, Tom estava feliz da vida com Amy, mas o ciúme abalou sua segurança. Sentiu que tinha errado ao desprezar as tentativas de aproximação de Becky. Ao mesmo tempo, a conversa de Amy foi se tornando insuportável, e ele não conseguia mais prestar atenção. Para se livrar dela, disse, de repente:

– Preciso ir embora.

– Fique mais um pouquinho.

– Agora é impossível.

Saiu tão às pressas que Amy não entendeu, mas ainda quis segurá-lo:

– Eu espero você depois da aula.

Nem a escutou, porque todo o seu ser estava concentrado em odiar Alfred Temple. Dizia para si mesmo que "podia ser qualquer outro, menos esse idiota metido a elegante, com ar de grã-fino". E, para aliviar-se, fazia gestos de luta. Assim, pelo menos em sua imaginação, massacrava o rival.

Ao perceber que Tom fora embora, Becky perdeu o interesse no livro que olhava e foi tomada de tristeza. Então Alfred falou:

– Veja esta figura aqui, Becky.

E ela respondeu, áspera:

– Não me aborreça.

Em seguida, saiu de perto dele. Alfred entendeu que fora usado para fazer ciúmes a Tom e decidiu se vingar do rival, embora nada tivesse contra ele. Era apenas uma maneira de dar vazão à sua raiva. Entrou na classe e encontrou o livro de leitura de Tom aberto na lição do dia. Não teve dúvida: virou o tinteiro em cima das páginas.

Nesse momento, Becky, olhando para dentro da classe, viu o que se passava. No caminho de casa, teve vontade de avisar Tom do que acontecera, mas mudou de ideia ao lembrar-se do jeito dele com Amy.

Tom é absolvido do que fez

Tom chegou em casa de péssimo humor, e logo a tia veio a seu encontro, com ar de poucos amigos, dando a entender que as coisas iam de mal a pior:

– Tenho vontade de matá-lo!

– Que foi que eu fiz?

– Acha pouco a vergonha que passei?

– O quê?

– Fui procurar Sereny Harper, feliz em elogiar você e mostrar que seu sonho era prova da transmissão de pensamento, e ela me disse a verdade. Joe contou à mãe que você esteve aqui e ouviu nossa conversa.

– Tia, por favor...

– Não tente se desculpar. Nunca pensei que fosse capaz de uma coisa dessas. Além de mentir e enganar sua velha tia, que faz tudo por você, me deixou cair no ridículo.

– Tia, não fiz por mal. Achei que era apenas uma brincadeira, não pensei nas consequências.

– Você nunca pensa senão em seus interesses. É incapaz de levar em conta os sentimentos dos outros. Se pôde vir da ilha Jackson para escutar a conversa e rir de nós com a mentira a respeito do sonho, podia ter avisado que estava vivo e poupar muito sofrimento.

– Eu não vim aqui para fazer troça de ninguém, minha intenção era outra. Por favor, tia, me compreenda.

– Então, para que você veio?

– Para avisá-la de que não tínhamos nos afogado.

– Por favor, Tom, não fale assim. Eu agradeceria a Deus se você tivesse um pensamento desses, mas não é verdade, você sabe que não é.

– É sim, tia. Por favor, acredite!

– Não minta, Tom, que tudo fica ainda pior.

– Não estou mentindo, tia, queria apenas evitar que ficasse preocupada.

– Eu me sentiria feliz se isso fosse possível, mas não dá para acreditar. Afinal, se veio para dizer que estava vivo, por que não disse?

– Porque, quando a ouvi falar do serviço fúnebre que seria encomendado em nossa memória, não resisti à tentação de fazer uma surpresa aparecendo vivo na igreja. Se eu falasse antes, deixaria de ser surpresa.

– Você inventou isso agora mesmo.

– A prova de que eu queria avisá-la é o recado que escrevi na casca da árvore. Ele ainda está no bolso do meu casaco.

– Que recado?

– O que eu ia deixar para a senhora.

– Mas não deixou. Portanto, estamos no mesmo ponto.

– Cheguei a entrar no seu quarto, mas desisti de colocá-lo ali. Apenas dei um beijo na senhora.

– Você me beijou? – falou ela, emocionada.

– Claro, tia.

– Por que me beijou?

– Porque eu a amo. Além disso, tive muita pena do seu sofrimento por minha causa.

As palavras pareciam tão sinceras que tia Polly abraçou o menino com carinho e falou suavemente:

– Vamos, Tom, me beije outra vez.

Ele obedeceu, e ela, procurando disfarçar a emoção, falou com aspereza:

– Tudo bem, agora vá para a escola e não me incomode mais.

Assim que Tom saiu, tia Polly resolveu examinar os bolsos do casaco esfarrapado que ele usara em sua vida de pirata. Parou em tempo e pensou:

"Não tenho coragem de desmascará-lo. Sei que mentiu, mas foi com boa intenção, não quero perder essa ilusão."

Largou o casaco, mas pouco depois voltou a pegá-lo, porque a curiosidade era mais forte. Ainda desta vez recuou:

"Melhor desistir de investigar. A verdade pode nos magoar; às vezes, é preferível uma mentira piedosa."

Ia pensando essas coisas, enquanto suas mãos percorriam os bolsos do casaco numa ansiedade incontrolável. De repente, a casca de árvore com o recado estava diante de seus olhos, que se turvaram de lágrimas.

"Deus seja louvado! Que bom menino! Nunca o amarei o suficiente para recompensá-lo da alegria que me proporciona."

Tom é castigado pelo que não fez

Na hora do almoço, Tom teve a impressão de que a tia o tratava de forma especial, lançando-lhe olhares de ternura de vez em quando. Ficou certo disso no momento em que se despediu para voltar à aula, e ela o abraçou apertado, dizendo:

– Você é o melhor menino do mundo, acho que é um verdadeiro herói.

Não quis perguntar por quê, mas sentiu-se tão recompensado que transbordou de afeto por tudo e por todos. Era um rapaz feliz quando entrou na classe, antes de a aula começar. Lá estava Becky, e Tom decidiu se aproximar dela, ficar de bem para sempre.

O severo professor Dobbins tinha um livro especial, que conservava fechado à chave na gaveta de sua mesa. Às vezes o tirava de lá para se entreter, enquanto os alunos copiavam as lições do quadro-negro. Naquela tarde, Becky chegou antes dos outros e, ao ver que a gaveta estava aberta, resolveu matar a curiosidade, descobrindo qual era a leitura do professor.

No momento em que Tom se aproximou pelas suas costas, Becky levou um susto e deixou o livro cair outra vez na gaveta, rasgando uma de suas páginas.

– Veja o que você fez!

– Eu? – estranhou Tom.

– Claro! Chegou de repente por trás, sem mais nem menos, e me deu um susto.

– Não era eu que estava mexendo no livro do velho professor Dobbins.

– Você fez de propósito para que eu fosse castigada.

Becky caiu em pranto, e Tom ficou pensando o quanto nossas boas intenções podem ser entendidas pelo avesso e causar tristeza em vez de alegria.

Pouco depois, chegou o professor, e a aula teve início. Tom prestava pouca atenção, e seu olhar não desgrudava de Becky. Percebia a aflição da menina, mas evitava sentir pena, mesmo porque não podia ajudá-la a sair daquela encrenca.

Teve de pensar em si mesmo, porque logo foi chamado pelo professor para ler em voz alta, e isso era impossível, uma vez que seu livro estava coberto de tinta.

O senhor Dobbins sabia que Tom não era bom aluno, nem bem-comportado, e a falta o irritou:

– Zero! Essa é sua nota.

Tom sentou-se aborrecido, mas pensou que talvez ele próprio tivesse ocasionado o desastre.

Nesse momento, Becky teve vontade de delatar Alfred Temple. Porém, achou que já tinha problemas suficientes consigo mesma.

Lá pelas tantas, na hora de maior calor, os alunos deveriam copiar suas lições, e o senhor Dobbins resolveu ler um pouco.

Assim que o professor abriu a gaveta para pegar seu livro predileto, Tom e Becky trocaram um olhar, e ela lhe pareceu um coelho assustado perseguido por um caçador.

Tom quis ter uma ideia para salvá-la, nem que fosse arrancar o livro das mãos do professor e jogá-lo pela janela. Mesmo que se propusesse a esse absurdo, não teria mais tempo: Dobbins já havia descoberto a página rasgada.

Sua voz foi terrível:

– Quem rasgou este livro?

Nem um pio na classe. Podia-se ouvir uma mosca voando. O senhor Dobbins encarou aluno por aluno, em busca do culpado, e começou a chamada, interrogando cada um:

– Benjamin Rogers, você rasgou este livro?

– Não, senhor.

– Foi você, Joseph Harper?

A aflição de Tom aumentava a cada negativa. Aquela série de indagações tornou-se uma tortura, cuja intensidade cresceu ainda mais quando as meninas começaram a ser interrogadas.

– Amy Lawrence.

Um movimento negativo de cabeça.

– Gracie Miller?

O mesmo gesto.

A investigação seguia a ordem em que os alunos estavam sentados. A próxima seria Becky Thatcher. Tom sentiu o corpo todo tremer quando viu o pavor da menina. Ela ficou calada, mas as lágrimas brotaram de seus olhos. Dobbins sabia que era hora de pressionar:

– Rebecca Thatcher, olhe para mim e diga a verdade.

Tom sentiu que era agora ou nunca. Tomou coragem, levantou-se e falou:

– Fui eu.

A classe inteira ficou estarrecida com aquela confissão espontânea, mas o menino só prestou atenção no olhar agradecido de Becky.

A voz do professor Dobbins tonitroou:

– Thomas Sawyer, seu comportamento é repulsivo. Permaneça de pé até o fim da aula. Depois, continue aqui durante as duas horas seguintes.

Acabada a sentença, o ambiente continuou tenso, e só Becky, uma vez ou outra, voltava a cabeça para lançar

olhares agradecidos a Tom. Ele se sentia recompensado e não se importava em ficar duas horas de castigo, porque sabia que ela o estaria esperando na saída.

De fato, Becky estava lá. E foi na gloriosa volta para casa que Tom ouviu esta frase:

– Como pôde ser tão nobre?

Becky também contou o que Alfred Temple tinha feito e falou de sua cumplicidade silenciosa, assumindo os próprios erros. Naquele momento, Tom estava disposto a perdoar a todos e apenas usufruir sua felicidade.

Antes tarde do que nunca

Chegaram as férias, depois dos exames e da festa de encerramento. Os dias de calor e preguiça foram sacudidos pelo julgamento de Muff Potter. A data havia sido marcada pelo tribunal, e não se falava em outra coisa. A consciência pesada de Tom o fazia sentir-se muito mal com aquele empenho coletivo em condenar Potter, mesmo antes do julgamento. Às vezes, tinha a impressão de que algumas frases eram ditas para sondá-lo; mas logo percebia o absurdo da ideia. Afinal, como poderiam desconfiar que ele fora testemunha do assassinato?

Combinou com Huck um encontro em um lugar solitário. Era o jeito de poder discutir o assunto com quem dividia a mesma ansiedade.

– Huck, você disse alguma coisa a respeito daquilo?

– Daquilo o quê?

– Não se faça de bobo, sabe muito bem o que é.

– Ah, "aquilo"! Claro que não.

– Nem uma palavra?

– Nadinha. Está duvidando de mim?

– Não, mas é preciso cautela.

– Claro, Tom, nossas vidas não valem um tostão se abrirmos a boca, e você sabe muito bem o porquê.

Tom ficou mais tranquilo ao ouvir a resposta do amigo. Mesmo assim, insistiu:

– Huck, você está seguro de que ninguém pode obrigá-lo a falar?

– Obrigar a falar? Não estou entendendo...

– As pessoas podem sondá-lo, fazer perguntas...

– Minha boca é um túmulo! Ou quem vai parar no

túmulo sou eu, pelas mãos de Injun Joe. Se você quiser, a gente pode repetir o juramento.

– É uma boa ideia.

Juraram outra vez, com palavras e gestos solenes.

O coração de Tom teimava em não se aquietar, e ele comentou:

– Eu só escuto as pessoas falarem cobras e lagartos sobre Muff. E você, Huck?

– Não param de acusar o coitado como o maior bandido do mundo. Cada vez que ouço essas coisas, tenho vontade de sumir.

– Sinto o mesmo, acho que ele está perdido, e isso me faz mal.

– Nem me fale! Pobre Muff, nunca prejudicou ninguém. Às vezes arranjava um dinheirinho para se embebedar e vadiava por aí, mas esses eram seus únicos defeitos. Muitos outros fazem o mesmo e agora o acusam. Era um bom sujeito, um dia me deu metade de um peixe que mal chegava para ele, e me defendeu em várias ocasiões, sempre que alguém tentava me maltratar.

– Para mim, consertou papagaios e prendeu anzol na linha de pesca. Queria ajudá-lo agora, nem que fosse a fugir da prisão.

– Não adianta, Tom. Se conseguíssemos livrá-lo de lá, logo seria apanhado de novo.

– É verdade, mas detesto ouvir as pessoas acusando-o, quando ele não fez nada.

– Acho horrível dizerem que ele é um bandido sanguinário e que já deveria ter sido enforcado.

– Falam sem parar e ameaçam linchá-lo se for solto.

– E são capazes de fazer isso mesmo.

A longa conversa não aliviou o mal-estar dos meninos. E, ao anoitecer, foram atraídos para perto da pequena prisão isolada. Talvez tivessem uma vaga esperança de que alguma coisa os livrasse daquela situação. Nada aconteceu, parecia que os anjos e as fadas tinham dado as costas ao infeliz prisioneiro.

Como de costume, levaram fumo e fósforos para Potter. Era fácil fazer a entrega pelas grades, porque não havia guardas por perto.

A gratidão do prisioneiro pelos presentes sempre lhes dava um peso na consciência, mas desta vez foi pior. Sentiram-se covardes e traidores quando Potter disse:

– Vocês têm sido muito bons comigo, melhores do que qualquer outra pessoa na cidade. Nunca vou esquecer isso. Às vezes, fico pensando que consertava papagaios para todos os meninos e lhes indicava os melhores lugares para pescar, mas agora que o velho Muff está em apuros ninguém se importa com ele. Somente Tom e Huck se lembram de mim. Em troca, eu também não os esqueço. Está certo, fiz uma coisa horrível num momento de bebedeira e loucura. Devia estar doido, é o que me parece, e vou ser enforcado. Não tem mais jeito. Nem tenho esperanças de escapar, mas não quero falar disso para não deixá-los tristes. Desejo apenas dar um conselho: nunca se embebedem para não acabarem como eu. Afastem-se um pouquinho para que eu possa olhar seus rostos. É um consolo ver amigos quando se está numa situação como a minha.

Houve uma ligeira pausa, e Muff Potter continuou:

– Vocês são os únicos que têm ajudado Muff Potter, e sei que ajudariam mais ainda se fosse possível.

Tom voltou para casa remoendo sua culpa e mal se aguentando de remorso. A noite foi repleta de pesadelos. Nos dias seguintes, andou em torno do tribunal, atraído por uma força irresistível. Huck também não se sentia bem e, embora arrastasse os passos pelos mesmos lugares que Tom, os dois evitavam falar um com o outro.

Tom prestava atenção nas conversas dos que saíam do tribunal onde o julgamento se realizava. As notícias eram cada vez piores: o cerco se fechava em torno de Muff Potter. No fim do segundo dia, o assunto era o depoimento de Injun Joe, e ninguém mais tinha dúvidas de qual seria a sentença.

Nessa noite, Tom voltou tarde para casa e, para não acordar tia Polly, entrou pela janela de seu quarto. Estava muito inquieto e levou horas para pegar no sono.

Na manhã seguinte, toda a cidade compareceu ao tribunal, pois era o dia decisivo. Depois de uma longa espera, os jurados tomaram seus lugares. Logo em seguida, Muff Potter, pálido e assustado, foi trazido para o banco dos réus, onde todos podiam vê-lo. Injun Joe, muito seguro de si, acomodou-se em um local bem evidente. Após nova pausa, entrou o juiz. O xerife anunciou que a sessão estava aberta.

Os cochichos habituais entre os advogados, o manuseio de papéis e a demora que se seguiu criaram uma atmosfera solene e fascinante.

Foi chamada a primeira testemunha, que afirmou ter visto Muff Potter lavando-se no riacho na madrugada do crime. Depois de algumas perguntas formais, a acusação indagou à defesa se queria inquirir a testemunha.

O prisioneiro ergueu os olhos por um momento e tornou a abaixá-los quando ouviu a resposta:

– Nada a perguntar.

A testemunha seguinte confirmou ter visto a navalha perto do cadáver. A acusação disse à defesa:

– Pode interrogar a testemunha.

A resposta foi igual à anterior:

– Nada a perguntar.

Uma terceira testemunha jurou ter visto muitas vezes a navalha com Potter. E repetiu-se a mesma cena, a acusação oferecendo a testemunha para a defesa interrogar, e esta declinando da oferta.

A impressão geral da audiência foi de desapontamento com o advogado de defesa, que parecia não se interessar pela salvação de seu cliente.

As coisas não pararam aí: outras testemunhas de acusação foram chamadas, repetindo detalhes da manhã do assassinato que já eram conhecidos do público, e nenhuma delas foi interrogada pela defesa.

Havia murmúrios de reprovação pela forma como o julgamento se processava, quando a acusação, segura do resultado, disse:

– Pelos depoimentos de cidadãos acima de qualquer suspeita, consideramos provada a culpa de Muff Potter nesse crime hediondo.

Potter gemeu fundo e cobriu o rosto com as mãos, enquanto um silêncio doloroso envolveu o tribunal. Muitos homens presentes estavam emocionados, e algumas mulheres choraram.

Nesse instante solene, o advogado de defesa falou:

– Meritíssimo senhor juiz, em meus argumentos, no início deste julgamento, prenunciei a proposta de alegar em favor de meu cliente sua perda momentânea da razão, em decorrência do excesso de álcool ingerido. Mudei essa intenção por força das circunstâncias.

Ao terminar estas palavras, o advogado do réu pediu ao escrivão:

– Por favor, chame Thomas Sawyer para depor.

O espanto e a confusão transpareceram no rosto de todos, inclusive no de Muff Potter. Os olhos seguiram com o maior interesse cada gesto de Tom. Ao contrário de seu jeito de sempre, desta vez o menino parecia amedrontado e um pouco intimidado.

Feito o juramento, o inquérito começou:

– Thomas Sawyer, onde estava a 17 de junho, cerca de meia-noite?

Tom olhou de soslaio para Injun Joe e ficou mudo.

A audiência reteve a respiração, mas o garoto continuou em silêncio. Passados alguns segundos, conseguiu recobrar parte de sua coragem e falou em voz quase inaudível:

– No cemitério.

– Fale mais alto, por favor. Não tenha medo, Thomas Sawyer. Onde estava?

– No cemitério.

Um sorriso amarelo e forçado passou pelos lábios de Injun Joe.

– Estava perto da sepultura de Hoss Williams?

– Sim, senhor.

– Fale um pouquinho mais alto. A que distância do túmulo você estava?

– Tão perto como estou do senhor agora.

– Estava escondido ou não?

– Sim, escondido.

– Onde?

– Atrás dos olmos que beiram a sepultura.

Injun Joe teve um leve sobressalto.

– Havia alguém com você?

– Sim, senhor. Fui lá com...

– Não mencione o nome de seu companheiro. Ele vai depor no momento oportuno. Levava alguma coisa consigo?

Tom hesitou e ficou sem jeito.

O advogado insistiu:

– Conte tudo, a verdade é sempre respeitável. O que você levou ao cemitério?

– Um gato morto.

O riso geral foi abafado rapidamente pela autoridade do juiz:

– Silêncio na corte.

O inquérito continuou:

– O esqueleto do gato já foi encontrado, o que prova suas palavras. Pode continuar, Thomas Sawyer. Conte tudo o que viu, sem omitir nem acrescentar nada.

Tom começou a falar de forma hesitante, mas tornou-se fluente assim que entrou no assunto principal. Não se ouvia o menor ruído, apenas sua voz, cada vez mais firme e convincente. A emoção tomou conta de todos quando o menino disse:

– No momento em que o doutor Robinson pegou a tabuleta e derrubou Muff Potter com ela, Injun Joe apanhou a navalha e avançou contra o médico.

Rápido como um raio, Injun Joe abriu caminho entre os que tentaram detê-lo e saltou pela janela.

Caça ao tesouro

Mais uma vez, Tom era visto como herói, admirado pelos mais velhos e invejado pelos jovens. Seu nome foi imortalizado no jornal local. Alguns achavam que chegaria a presidente do país.

Para a felicidade completa de Tom, só faltava Becky, que tinha viajado de férias com a família.

O menino passava dias gloriosos, cercado de agrados, e noites terríveis, nas quais Injun Joe transformava seus sonhos em pesadelos.

Huck sofria o mesmo terror, embora não tivesse sido chamado a depor no tribunal, devido à fuga do criminoso. O que o preocupava era o fato de Tom ter contado toda a história para o advogado na noite anterior ao julgamento. Se Tom, que havia jurado de forma solene nunca contar coisa nenhuma, abrira a boca, Huck não se sentia seguro de que o assunto continuaria em segredo.

O pior para os dois meninos é que Injun Joe permanecia foragido, apesar das buscas da polícia, o que possibilitava sua volta e uma terrível vingança.

Em meio a tudo isso, Tom foi tomado de uma vontade irresistível de procurar tesouros escondidos, coisa frequente na literatura que apreciava.

Para tanto, precisava de companhia. Então, procurou Joe Harper e Ben Rogers, que não se entusiasmaram com a aventura. Huck, como sempre, achou a ideia ótima, embora desconhecesse os livros que falavam no assunto. Por isso indagou ao amigo:

– Quem enterra os tesouros?

– Ladrões, é claro! Ou acha que seriam professores de religião?

– Mas por que não voltam para desenterrá-los?

– Acho que esquecem o lugar, ou então morrem.

– E como a gente vai saber onde estão os tesouros?

– Os ladrões sempre enterram as riquezas em casas mal-assombradas ou debaixo da raiz de uma árvore seca. Podemos procurar na casa mal-assombrada no caminho de Still House e em muitas árvores secas por aí.

– Há tesouros enterrados em todas as árvores secas?

– Claro que não, você tem cada ideia!

– Como saberemos em qual delas está o tesouro?

– Cavando em todas.

– Isso vai levar o verão inteiro!

– Quem se importa com isso? Pense que podemos achar uma arca apodrecida com cem dólares ou cheia de diamantes!

Os olhos de Huck brilharam:

– Você pode ficar com os diamantes, eu prefiro os cem dólares.

– Tudo bem, mas os diamantes também valem muito, alguns chegam a mais de um dólar.

– Não diga! E quem os compra?

– Acho que os reis.

– Nunca vi nenhum.

– É que eles vivem na Europa.

– Onde vamos cavar primeiro?

– Embaixo da árvore seca, que fica no caminho de Still House.

Arranjaram uma picareta velha e uma pá para a empreitada e se puseram a caminho. Chegaram acalorados à árvore escolhida e deitaram-se à sombra de um olmo para descansar.

– Huck, se encontrarmos um tesouro, o que você vai fazer com a sua parte?

– Vou comer pastel e tomar refresco todos os dias.

– Pois eu estou decidido a me casar.

– Casar?

– Por que não?

– Se você se casar, nós dois nunca mais viveremos aventuras juntos.

– Não diga isso! Agora, vamos cavar.

Trabalharam e suaram por meia hora, sem encontrar coisa nenhuma. Tornaram a cavar por mais meia hora, e nada de tesouro. Huck disse:

– Será que sempre enterram tão fundo?

– Algumas vezes, não sempre. Acho que cavamos em lugar errado.

Escolheram outro ponto e fizeram nova tentativa, sem melhor resultado. Depois decidiram cavar no monte Cardiff.

Continuaram a trabalhar. De repente, Tom Sawyer matou a charada:

– Sabe por que não dá certo?

– Será que as bruxas estão atrapalhando?

– Nada disso! O fato é que em todas as buscas é preciso saber onde bate a sombra da árvore à meia-noite...

– Só faltava essa! Então a gente cavou à toa todo esse tempo?

– Acho que sim.

– Você vai poder sair à noite?

– Claro! Melhor terminarmos isso ainda hoje, ou alguém pode ver os buracos e as ferramentas e descobrir o que andamos procurando por aqui.

– Eu mio para acordar você, como de costume.

– Combinado! Vamos esconder as ferramentas naqueles arbustos.

Os meninos voltaram lá à noite, e o lugar era assustador. Ouviram o uivo de um cão e logo depois o pio de uma coruja. Tentaram calcular o exato momento da meia-noite para ver onde batia a sombra da árvore e puseram-se a cavar. Empenharam-se no trabalho e sentiram uma grande esperança quando tocaram em algo estranho. A decepção veio em seguida: era apenas uma pedra. O medo rondava e foi tomando conta dos dois, até que Tom falou:

– Acho que não calculamos a hora exata.

– E se fôssemos procurar o tesouro em outro lugar?

– Que tal na casa assombrada?

– A ideia não me agrada, fantasmas são mais perigosos do que bruxas.

– Mas eles só aparecem de noite. Vamos de dia.

– Está bem, mas é bom lembrar que ninguém vai àquela casa assombrada em hora nenhuma.

– De dia não tem perigo, não há por que ter medo.

– Combinado.

Como ainda era noite, e o vento nos galhos das árvores e o pio da coruja pareciam terríveis, o melhor era voltar para casa.

Perigos e esperanças

No dia seguinte, os meninos foram até a árvore seca buscar suas ferramentas. Foi quando Huck perguntou ao amigo:

– Você sabe que dia é hoje?

Tom contou mentalmente os dias da semana e disse, com ar de estranheza:

– Puxa, não tinha me dado conta!

– Pois é aí que está o perigo, hoje é sexta-feira.

– A gente pode se dar mal começando uma coisa destas numa sexta-feira.

– Com certeza. Além de tudo, tive um sonho com ratos esta noite.

– Estavam brigando?

– Não.

– Menos mal. Vamos deixar o tesouro para amanhã.

No sábado, encontraram-se de novo. Desta vez o dia era favorável, e não havia razão para adiarem o plano. Mesmo assim, sentiram um certo frio na espinha ao entrar na casa assombrada, semidestruída. Daí a pouco, mais acostumados com o ambiente, atreveram-se a subir para o andar de cima. Lá havia o mesmo ar de ruína. A um canto descobriram um armário e o examinaram sem encontrar nada. Decidiram voltar para o térreo, mas nesse momento Tom deteve o companheiro:

– Psst! Você está ouvindo o barulho?

– Vamos fugir daqui.

– Não dá tempo.

Deitaram-se no chão, espiaram pelas frestas do soalho e viram dois homens entrarem na casa.

Os meninos reconheceram o "espanhol" surdo--mudo, que tinha aparecido na cidade algum tempo antes, sempre enrolado numa capa, usando óculos verdes e com os cabelos brancos saindo por baixo do chapéu.

O homem que acompanhava o surdo-mudo disse:

– Pensei no assunto e acho perigoso.

– Perigoso? Deixe de frescura!

A surpresa não foi só de ouvir o surdo-mudo falar, mas também de reconhecer a voz de Injun Joe, o que os deixou aterrorizados.

Depois de um momento de silêncio, Injun Joe retomou o assunto:

– Quer coisa mais perigosa do que virmos aqui em plena luz do dia? Qualquer um que nos visse poderia desconfiar.

– Eu sei, mas não havia outro lugar, depois daquele nosso assunto sujo. Ontem não deu jeito, por causa dos malditos meninos brincando na colina, bem no meio do nosso caminho.

Os "malditos meninos" tremeram de medo e sentiram-se felizes por terem se lembrado que sexta-feira não era um dia favorável. Pelo jeito, todos os dias eram perigosos.

Os dois homens acomodaram-se para comer, e Injun Joe disse:

– Olhe, você volta para o outro lado do rio, que é o seu chão, e espera notícias minhas. Preciso ir à cidade pelo menos mais uma vez. Aquele "assunto sujo" fica para depois. Primeiro tenho de verificar em que pé estão as coisas. Terminado o serviço, a gente se manda junto para o Texas.

Pareceu que tinham entrado em acordo, e se puseram a bocejar. Em seguida, Injun Joe decretou:

– É sua vez de ficar de vigia. Estou morto de sono.

Acomodou-se sobre a palha e logo começou a roncar. O outro resistiu um pouco, depois cabeceou e também pegou no sono.

Os meninos respiraram fundo, e Tom sussurrou:

– É a nossa vez, vamos fugir.

– Se eles acordarem, nos matam!

Tom se arrastou com cuidado, tentando escapar. Ao primeiro movimento, o soalho estalou de tal jeito que o garoto voltou a ficar quieto. O tempo não passava nunca, e o medo dos dois aumentava a cada instante. Por fim, perceberam que estava escurecendo.

Injun Joe despertou e viu o amigo ressonando com a cabeça sobre os joelhos. Então empurrou-o com o pé e resmungou:

– Você não ficou de guarda? Ainda bem que não aconteceu nada.

– Cochilei?

– Parece que sim, mas agora vamos tratar de dar o fora. O que a gente faz com a "bagagem"?

– Podemos deixar aqui, como das outras vezes, pelo menos até irmos para o sul. Não dá para andar por aí com seiscentos e cinquenta dólares em prata nas costas!

– Tá certo. Mas, para garantir que ninguém vai fuçar no que é nosso, vamos enterrar bem fundo. Afinal, ainda tenho de concluir aquele "assunto", e a gente pode demorar a voltar aqui.

– Tem razão – concordou o outro.

Em seguida, caminhou em direção à lareira, abaixou-se, removeu um tijolo e puxou de lá um saco de dinheiro. Retirou uns trinta dólares para si e outros tantos para Injun Joe, que estava cavando com a navalha o buraco para enterrarem o resto da fortuna.

Os meninos viam-se ricos por antecipação. Seiscentos dólares era muito mais do que tinham sonhado. Tesouro de verdade, garantido, sem precisar andar cavando à toa. Davam-se cotoveladas de satisfação, como se comemorassem por terem ido até a casa assombrada.

Injun Joe cavava o buraco e, de repente, exclamou:

– Puxa vida! Aqui tem alguma coisa.

– O quê?

– É uma caixa enferrujada, a tampa já arrebentou, veja só! Temos de tirá-la daqui.

Falou e mostrou a mão cheia de moedas de ouro.

Os meninos, no andar de cima, precisaram tapar a boca com as mãos para não gritar de alegria.

O companheiro de Joe disse:

– Ali entre as plantas tem uma picareta e uma enxada que podem ajudar.

Pouco depois, desenterraram um cofre de ferro, carcomido pelo tempo, e ficaram a contemplar o tesouro.

– Devem ser milhares de dólares.

– Sempre ouvi dizer que a quadrilha de Murrel andou por aqui.

– Pode ser.

– Estamos ricos, não precisamos mais fazer aquele nosso "serviço".

– Nada disso! Uma coisa não altera a outra. Vingança é vingança, e eu não perdoo.

O companheiro de Injun Joe perguntou:

– Vamos enterrar isto de novo?

Os meninos ficaram animados.

Injun Joe respondeu:

– Não é seguro. Havia terra fresca na pá e na picareta. Alguém anda cavando por aqui. É melhor levarmos tudo para o esconderijo número dois, embaixo da cruz.

– Acho que está muito escuro para irmos até lá.

Injun Joe parecia preocupado:

– Quem pode ter trazido para cá as ferramentas? Será que há alguém lá em cima?

Tom e Huck sentiram-se perdidos ao ouvir os passos de Injun Joe na escada. Desesperados, correram para o armário, mas nesse momento escutaram o barulho da escada carcomida desabando. Injun Joe caiu lá embaixo, na sala.

O amigo o confortou:

– Se há alguém lá em cima, não vai poder sair. Mas eu acho que o mais certo é que o dono das ferramentas tenha pensado que éramos fantasmas e posto sebo nas canelas.

Injun Joe resmungou qualquer coisa, mas pelo jeito concordou com o amigo, e os dois se prepararam para sair, carregando a preciosa caixa e o saco de dinheiro.

Tom e Huck levantaram-se, quase sem forças, mas muito aliviados por terem escapado. Espiaram pelas frestas e viram os bandidos tomarem o caminho do rio. Nem pensaram em segui-los; descer dali sem quebrar o pescoço já foi uma façanha heroica. Quando tornaram a pisar no chão, só pensavam em pegar o rumo de casa.

– Má hora em que a gente escondeu a pá e a picareta nos arbustos...

– Se não fosse isso, Injun Joe teria deixado a caixa recheada de moedas de ouro a nosso alcance.

– O jeito agora é não perder o "espanhol" de vista e descobrir onde fica esse esconderijo número dois, em que ele vai deixar o tesouro até completar a vingança...

– Vingança? Será que falava de nós, Huck?

Era incrível não terem pensado antes que Injun Joe estava decidido a vingar-se deles (ou pelo menos de Tom, porque Huck não tinha deposto no tribunal).

Para Tom, não era nada confortável sentir-se sozinho na mira do bandido...

O dia do piquenique

Naquela noite, os sonhos de Tom acabaram em pesadelos, nos quais ele sempre perdia o tesouro, além de ser perseguido por Injun Joe. Logo de manhã, foi procurar Huck para conversar sobre o assunto. Encontrou-o sentado num bote com os pés mergulhados na água e ar muito triste. Huck também havia sonhado que o assassino estava no seu encalço.

– E pensar que, se não tivéssemos deixado as ferramentas tão mal escondidas, agora estaríamos ricos.

– Não desanime, Huck, ainda vamos descobrir onde é o número dois e encontrar o tesouro.

– Pode ser o número de um quarto de estalagem.

– Grande ideia! Fique aqui e espere por mim, vou investigar.

Não era uma tarefa muito difícil, porque só havia duas estalagens na cidadezinha. Tom logo ficou sabendo que em uma delas, a melhor das duas, um advogado ocupava o quarto número dois.

Quanto à outra estalagem, o filho do dono chamou Tom num canto e disse:

– O quarto dois está sempre fechado, é um mistério. Ninguém entra nem sai, parece mal-assombrado.

Após contar sua descoberta a Huck, Tom Sawyer acrescentou:

– Acho que esse é o número dois que procuramos. E tem mais, os fundos da taverna dão para uma ruela deserta onde não existe nada mais que um depósito de tijolos abandonado.

– E daí?

– Na próxima noite escura, a gente reúne um monte de chaves, experimenta qual abre a porta, pega o tesouro e pronto!

– E Injun Joe?

– Você fica de guarda e dá sinal se ele se aproximar da estalagem.

– Por que eu?

– Alguém tem de fazer esse serviço.

Estava tudo acertado. Apenas a noite não colaborou, porque foi muito clara, e as seguintes também. Só na quinta-feira a escuridão animou-os a ir até lá. Tom levou uma lanterna velha.

Huck já estava de sentinela e não vira nem sinal de Injun Joe. Tudo parecia a favor, e Tom se aventurou a entrar na estalagem, enquanto o amigo continuava a vigiar. Foram momentos de grande ansiedade para Huck. Sozinho do lado de fora e sem saber o que acontecia lá dentro, ficou muito preocupado.

De repente, Tom surgiu correndo e avisando:

– Corra o quanto puder!

Os dois meninos partiram na carreira até o galpão onde antes tinha sido o matadouro. Tom, ainda sem fôlego, comentou:

– Foi horrível, quase pisei na mão de Injun Joe.

– Você viu a caixa de moedas?

– Não. Nem caixa, nem cruz; só vi garrafas de bebida. Acho que ele está bêbado.

– Essa é a hora ideal para você ir lá buscar a caixa.

– Vá você, se quiser.

– Deus me livre!

– Então continue a vigiar todas as noites. E, quando estivermos seguros de que Injun Joe não está lá, tentaremos outra vez.

Na sexta-feira, logo cedo, Tom ficou sabendo que o juiz Thatcher e a família tinham voltado para a cidade. A notícia fez com que o garoto esquecesse Injun Joe e o tesouro e só pensasse em rever Becky. Passou o dia brincando com ela e outros meninos e meninas. E, para fechar com chave de ouro, a mãe de Becky concordou em que o tão prometido piquenique fosse marcado para o dia seguinte.

Naquela noite, Tom esperou que Huck viesse miar embaixo de sua janela para que conseguissem o tesouro e ele pudesse mostrar a Becky e aos outros. Mas o amigo não miou.

Entre dez e onze horas da manhã de sábado, as crianças se reuniram em frente à casa do juiz Thatcher, no maior alvoroço. Não era costume que os mais velhos acompanhassem a meninada em piqueniques. Todos consideravam suficiente a companhia dos jovens de dezoito anos, ou pouco mais, para que tudo corresse em ordem. O grupo, carregando os cestos de provisões, seguiu em direção ao cais, onde os esperava o vaporzinho fretado para a ocasião. Sid não foi porque estava doente.

Na despedida, a senhora Thatcher fez a última recomendação a Becky:

– Com certeza vão voltar tarde. Então, acho melhor você dormir na casa de Susie Harper, que fica perto do cais.

Pouco depois, quando já estavam ao largo, Tom disse para Becky:

– Que tal, na volta, em vez de ficar na casa dos Harper, subirmos a colina e irmos para a casa da viúva Douglas? Lá sempre tem sorvete, e ela vai ficar muito feliz com nossa visita.

– É uma boa ideia, mas o que minha mãe vai dizer?

– Sua mãe não ficará sabendo se você não contar.

– Não acho isso muito certo.

– O que sua mãe quer é que você fique em segurança. Se tivesse se lembrado da viúva Douglas, na certa teria dito para você ficar lá.

Becky ainda hesitou entre as guloseimas da viúva Douglas e a obediência à mãe, mas terminou cedendo aos argumentos de Tom. Combinaram não falar sobre o assunto com os outros.

Três milhas abaixo, o barco atracou junto a uma baía. Assim que pôs os pés em terra, a criançada se esparramou entre o arvoredo aos gritos e risos, explorando o lugar.

Cansados e famintos, voltaram para atacar as cestas de comes e bebes e venceram a batalha com muito entusiasmo. Em seguida, os guerreiros vitoriosos deitaram-se à sombra das árvores para um merecido descanso.

Pouco depois, alguém gritou:

– Quem se anima a ir à gruta?

Foi uma debandada geral para o alto do morro onde ficava a entrada da gruta, uma enorme caverna calcária que se estendia por inúmeros corredores. Apenas a parte próxima à entrada e as primeiras bifurcações tinham sido exploradas. Ninguém na cidade conhecia toda a caverna, e, embora alguns dos meninos já a tivessem visitado, também não se atreviam a enveredar por caminhos que não fossem os de sempre.

Acenderam velas aos gritos e correrias, levando sustos quando alguém tropeçava ou fingia se perder. Brincaram na maior alegria, dentro dos limites de segurança da parte conhecida da gruta.

Aos poucos, todos voltaram à entrada principal, sujos de cal e de sebo das velas, mas contentes com a excursão. Já estava escurecendo, e havia mais de meia hora que a sineta do barco tocava, chamando-os de volta.

Enfim, embarcaram e acomodaram-se, cansados e quietos, depois do dia aventuroso. Era o final feliz.

Huck vira herói

Naquela noite, Huck ficou de guarda na estalagem conforme combinado. Quando soaram onze horas, no escuro da noite, o garoto pensou em ir embora, mas nesse momento ouviu o ruído da porta e logo surgiram dois homens carregando algo. Concluiu que levavam a caixa com o tesouro e pensou em chamar Tom. Mas, se fizesse isso, perderia o rastro dos bandidos.

Os homens seguiram pela rua ao lado do rio, depois desviaram e tomaram o rumo do monte Cardiff. Huck foi atrás deles, sem entender aonde pretendiam ir. Às vezes retardava o passo, com receio de se aproximar demais. Finalmente, chegaram até o portão da propriedade da viúva Douglas e pararam. Injun Joe disse:

– Maldita mulher! Deve estar com visitas. Veja, as luzes estão acesas.

O "estranho da casa assombrada" respondeu:

– Com certeza tem companhia, é melhor desistirmos.

– Nunca vou desistir da vingança! O marido dela era juiz e certa vez me condenou. Ele já morreu, mas eu usarei a viúva para me vingar dos maus-tratos que sofri na prisão.

– Vai matá-la?

– Vou amarrá-la na cama e deformar-lhe o rosto. Se sangrar até morrer, é outra história... E, se você desistir, eu mato você também.

– Vamos em frente! Mas, pelo menos, espere que se apaguem as luzes e ela esteja sozinha.

A viúva Douglas sempre tratara Huck bem e muitas vezes lhe dera presentes e proteção contra os que queriam maltratá-lo. O menino não poderia deixar que ela fosse morta por Injun Joe, então decidiu pedir ajuda ao galês, que morava na encosta da colina. Correu para lá e, quase sem fôlego, bateu à porta, dizendo:

– Abra, por favor, é Huckleberry Finn.

Seu nome não era dos melhores passaportes, mas o galês sentiu a aflição de sua voz e abriu a porta. O homem morava com dois filhos, e os rapazes também o cercaram. Huck disse que precisava de ajuda. Porém, antes de contar o que havia presenciado, exigiu:

– Vocês devem prometer guardar segredo e nunca mencionar a ninguém meu nome nessa história.

O velho respondeu:

– Prometido. Pode falar, ninguém vai dizer que ouviu de você, seja o que for.

Huck contou o que sabia sem dizer o nome de Injun Joe, falando apenas do "espanhol surdo-mudo" e do outro homem que estava com ele.

Sem perda de tempo, o velho e os dois filhos, armados de espingardas, seguiram para o alto da colina, dispostos a proteger a viúva Douglas.

Huck os acompanhou em parte do caminho, depois refugiou-se atrás de uma pedra e ficou à espera. De repente, ouviu tiros e gritos e desceu a encosta o mais depressa que pôde.

Mal clareou a madrugada de domingo, Huck tornou a subir a colina, desta vez apenas até a casa do galês. Pai e filhos acordaram com suas batidas, e o velho perguntou:

– Quem está aí?

– Sou eu, Huck Finn.

A porta foi aberta imediatamente. Nunca em sua vida Huck havia sido tão bem recebido por uma família como naquela manhã.

– Entre e venha tomar café conosco. A gente já vai preparar a comida, você deve estar com fome.

– Sente-se, enquanto nos vestimos.

– Por que não dormiu aqui ontem?

– Estava com muito medo e, quando ouvi os tiros, saí em disparada, nem pensei em parar aqui. Mas quero que me contem se os bandidos foram apanhados.

– Não conseguimos pegá-los – falou o galês. – Quando estávamos nos aproximando, espirrei, e os malandros fugiram. Ainda atiramos em sua direção, e deram o troco nos alvejando, mas ninguém ficou ferido. Só restou avisar a polícia, que está no rastro deles. Seria muito bom se tivéssemos uma descrição dos dois. Você chegou a vê-los?

– Sim, na cidade, quando os segui.

– Como eles são?

– Um deles é o espanhol surdo-mudo que tem andado por aí de uns tempos para cá, e o outro é esfarrapado.

– Está certo, já sei quem são. Topei com eles um dia desses perto da casa da viúva Douglas. Agora é só avisar a polícia. Meninos, podem ir fazer isso! – falou para os filhos.

– A gente precisa tomar café.

– Tomam amanhã.

Quando os rapazes se levantaram para sair, Huck recomendou:

– Por favor, não digam a ninguém que fui eu que denunciei os bandidos.

– Tudo bem, a gente guarda segredo. Mas você devia se orgulhar do que fez.

– Por tudo quanto é mais sagrado, peço que não falem em meu nome!

Assim que os filhos saíram, o velho galês deu uma prensa em Huck:

– Você não quer se meter nisso, já sei. Mas, então, por que seguiu os dois homens?

Huckleberry Finn temia a vingança de Injun Joe e quis fugir do assunto:

– Não tenho casa, fico à toa andando pelas ruas, e foi assim que os vi sair da estalagem da Temperança. Quando um deles acendeu um charuto, identifiquei esses dois que descrevi.

– E por que os seguiu?

– Porque não tinha nada para fazer. Quando pararam no portão da propriedade da viúva, ouvi o esfarrapado pedir ao outro que não matasse a senhora Douglas, mas o surdo-mudo falou em vingança e em deixá-la sangrar até morrer.

– O "surdo-mudo" disse tudo isso?

Huck ficou assustado, percebendo que tinha falado demais. O galês tentou acalmá-lo:

– Confie em mim, só quero ajudá-lo. Já que confessou que o espanhol não é surdo-mudo, conte o resto.

– Não é nenhum espanhol, é Injun Joe.

– Compreendo que você esteja com medo. Injun Joe é um bandido perigoso. Agora posso entender nosso achado de ontem à noite...

– Achado?

– Um pacote que encontramos quando procurávamos rastros de sangue depois dos tiros.

Huck perdeu a respiração na hora, arregalou os olhos e exclamou:

– Pacote do quê?

– Ferramentas de bandido. Gazuas, essas coisas. Por que ficou tão alarmado? O que pensou que fosse?

– Sei lá! Talvez livros de religião.

O galês deu uma enorme gargalhada. Depois, reparando no aspecto de Huck, terminou dizendo:

– Você está desnorteado, devido ao cansaço. Vamos tomar nosso café. Em seguida, você deita e dorme um pouco.

Huck ficou aliviado ao saber que o embrulho não era o tesouro, que com certeza continuava no número dois. Ele e Tom podiam ir buscá-lo sem perigo, assim que Injun Joe e o esfarrapado fossem presos.

Quando terminavam de tomar café, alguém bateu à porta. Huck correu para se esconder, pois não queria ser visto e associado ao caso. Desta vez pensou certo, porque entre os recém-chegados vinha a viúva Douglas, que logo foi dizendo:

– Estou aqui para agradecer o que o senhor e seus filhos fizeram por mim.

– Quem merece os agradecimentos é outra pessoa. Sem ela, não teríamos perseguido os bandidos.

– Quem é?

– Jurei não revelar seu nome.

Todos insistiram para que o galês contasse quem era o herói, mas ele se manteve fiel à promessa que fizera a Huck.

Como era domingo, foram para a igreja, e todos comentavam os acontecimentos da véspera. Até o sermão do pastor versava sobre o mesmo assunto.

Na saída, a senhora Thatcher indagou à senhora Harper:

– Por que Becky não veio à igreja? Será que ela ainda está dormindo?

– Becky?

– Ela dormiu em sua casa, não foi?

– Não.

A senhora Thatcher ainda estava sob o impacto do que ouvira, quando tia Polly se aproximou e perguntou:

– Tom ainda não voltou do passeio de ontem. Será que ficou na casa de uma das senhoras?

A resposta negativa criou pânico. Várias crianças que tinham participado do piquenique foram interrogadas, e ninguém se lembrava de ter visto Tom e Becky na viagem de volta. Um menino disse:

– Talvez tenham se perdido na gruta.

A senhora Thatcher desmaiou, e tia Polly se pôs a chorar convulsivamente.

Boca a boca, grupo a grupo, rua a rua, o boato se espalhou, e o episódio do monte Cardiff foi esquecido diante do sumiço das crianças.

Os sinos tocaram dando alarme, cavalos foram selados, barcos tripulados, o naviozinho posto ao largo; e, em menos de meia hora, duzentos homens, por terra e pelo rio, estavam a caminho da gruta.

A caverna foi percorrida onde nunca antes alguém se atrevera a ir, luzes brilhavam por toda a parte, davam-se gritos e tiros de pistola, mas a única pista dos desaparecidos foram os nomes de Becky e Tom em uma parede.

Alguns, extenuados, voltaram para casa, mas outros continuaram a busca, embora cada vez com menos esperança.

Ao amanhecer, o velho galês chegou em casa coberto de caliça e sebo de velas. Huck, ardendo em febre, estava sendo cuidado pela viúva Douglas, que viera tomar conta dele, condoída de sua solidão.

Três dias depois do desaparecimento de Tom e Becky, uma carga de uísque foi descoberta no quarto número dois da estalagem da Temperança.

Sem saber de nada, Huck, em seu delírio febril, perguntou pela estalagem e se haviam descoberto alguma coisa lá. A viúva respondeu:

– Descobriram, sim.

Huck sentou-se na cama e indagou, aflito:

– Que foi que encontraram?

– Uísque falsificado, por isso fecharam a estalagem.

– Foi Tom Sawyer quem encontrou?

– Fique calmo, você precisa repousar.

A viúva tomou a pergunta de Huck como parte de seu delírio. O garoto concluiu que o tesouro estava perdido para sempre, mas estranhou que a senhora Douglas estivesse chorando. Ele não sabia que a pobre mulher pensava em Tom Sawyer, que tinha desaparecido.

Viagem ao fundo da terra

Na tarde do piquenique, quando passeavam na caverna, Tom e Becky se distanciaram dos outros. Não se deram conta de que tinham ultrapassado o território conhecido e gravaram seus nomes numa parede onde não havia inscrições. Isso poderia tê-los alertado de que nenhum visitante da gruta estivera ali antes, mas os dois não pensaram no assunto e seguiram até um pequeno regato. Para que Becky tivesse uma visão melhor, Tom ergueu a vela que carregava e descobriu uma espécie de escada íngreme entre as paredes sinuosas. O novo caminho pareceu irresistível: marcaram a parede com fumaça, para se orientarem na volta, e foram explorar a novidade.

Continuaram descendo, chegaram a um grande salão, deslumbraram-se com as estalactites, atravessaram corredores, fugiram de morcegos e encontraram um lago subterrâneo. Becky comentou:

– Não estou mais ouvindo as vozes dos outros.

– Descemos muito, devemos ter nos distanciado.

– É melhor voltarmos. Você sabe o caminho, Tom?

– Acho que sim, mas quero evitar os morcegos. Vamos tentar outra passagem.

– Desde que a gente não se perca...

Seguiram por um corredor e andaram um tempo em silêncio, prestando atenção para ver se reconheciam algo que já tivessem visto. Becky olhou para Tom pedindo apoio, e ele afirmou:

– Não é por aqui, mas vamos descobrir o caminho.

Quanto mais andavam, sem rumo, naquela imensidão, menos esperança restava, mas não falavam nisso.

De repente, Becky não aguentou e disse:

– Acho que estamos nos afastando cada vez mais. Vamos voltar, Tom, não ligo para os morcegos.

Tom respondeu:

– Vou tentar outra coisa – e deu um grito: – Estamos aqui!

O grito ecoou pelos muitos corredores e abóbadas, criando uma sensação horrível. Becky implorou:

– Não faça mais isso!

– É o jeito de nos localizarem.

Tom gritou de novo.

Becky compreendeu que aquele "localizarem" queria dizer que estavam perdidos e que só poderiam ser encontrados por quem andasse à procura deles. Entrou em desespero.

– Por que fomos nos separar dos outros?!

A menina sentou-se no chão e se pôs a chorar. Tom acomodou-se ao lado dela, abraçou-a e censurou a si próprio:

– Fui irresponsável, devia ter marcado o caminho com sinais. Você me perdoa, Becky?

Aquilo a fez recobrar a coragem:

– Você não é mais culpado do que eu. Vamos buscar juntos uma saída.

Continuaram a andar, apesar do cansaço, porque, embora não comentassem, os dois sabiam que parar significava desistir. Em certo momento Tom disse:

– Devemos ficar à escuta para ouvir algum barulho dc água.

Não demorou muito e chegaram a uma nascente. Tom convidou:

– Vamos sentar aqui.

– Ainda posso continuar andando.

– Eu sei, Becky, mas vamos descansar um pouco.

Enquanto falava, Tom grudou o toco de vela na parede. Becky disse:

– Estou com tanta fome!

Tom tirou do bolso um pedaço de bolo, dividiu em duas partes, dando uma a ela, e falou:

– É do piquenique. Nosso bolo de noivado.

Comeram e beberam água, que agora tinham à farta. Reanimada, Becky convidou:

– Vamos em frente?

Tom segurou a mão dela e disse:

– Temos de ficar aqui. Aquele toco de vela é o último.

A menina o abraçou, chorando. Tom Sawyer tentou confortá-la:

– Já devem estar à nossa procura.

– Quando acha que deram por nossa falta?

– Talvez quando embarcaram, talvez em casa...

– Mas eu não ia dormir em casa...

As duas crianças se deram conta de que as famílias podiam demorar a perceber sua ausência. Sem dizer nada, ficaram a olhar a vela se extinguir e o pavio queimando com uma chama azulada, até apagar-se e deixá-los na total escuridão.

O tempo se arrastou, e os pequenos prisioneiros sentiram fome outra vez. A parte do bolo que Tom reservava de sua metade foi dividida entre os dois, mas era muito pouco e só serviu para despertar-lhes ainda mais o apetite.

De repente, ouviram gritos e tiros de pistola soarem ao longe. Tom se animou:

– São eles, estão à nossa procura! Vou gritar para que nos escutem.

O menino gritou o mais forte que pôde e, segurando a mão de Becky para que não se perdessem naquela escuridão, adiantaram-se na direção em que vinha a voz.

Sua alegria era enorme, mas eles andavam com cautela, porque sabiam que havia buracos no chão. De repente, pararam diante de um deles, que tanto podia ter meio metro de profundidade como mais de cem. Tom deitou-se no chão e tentou apalpar o fundo, mas não o alcançou com seu braço. Restava ficar parado e esperar que os encontrassem. O menino gritou até ficar rouco, mas não obteve resposta.

O ruído foi se tornando cada vez mais distante e, por fim, não se ouviram mais vozes nem tiros de pistola.

Arrastaram-se para perto da fonte, que era um ponto de referência. Além disso, ali teriam água para matar a sede.

Dormiram exaustos e acordaram famintos.

Tom propôs:

– Becky, o que acha de explorarmos alguma das passagens que há por aqui em vez de ficarmos parados?

– E se a gente quiser voltar por causa da água?

– Tenho linha de papagaio no bolso. Amarro uma ponta numa dessas saliências da pedra e levamos a outra conosco. Assim podemos garantir a volta.

– Acho bom.

Foram até o fim de um corredor que terminava num despenhadeiro. Tom ajoelhou-se para espiar o que havia lá embaixo e enxergou um homem carregando uma vela. Ia gritar por socorro, quando reconheceu Injun Joe. Achou melhor não contar nada a Becky e retornaram para perto da fonte.

Dormiram outra vez e acordaram com mais fome do que nunca. Tom concluiu que era preciso fazer uma nova incursão. Então propôs à menina:

– Vamos tentar outra galeria?

– Não tenho mais forças, Tom. Vá você.

– Se encontrar um caminho, venho buscá-la.

– Se não encontrar, volte do mesmo jeito, para ficarmos juntos até o fim.

A triste verdade era que Tom e Becky estavam muito perto da morte.

Ricos e respeitados

Chegou a noite de terça-feira e as crianças continuavam desaparecidas. A cidade estava enlutada, muitos faziam promessas, outros achavam que não havia mais jeito e consideravam as buscas sem sentido, depois de tanto tempo.

A senhora Thatcher delirava chamando a filha. Tia Polly, de tanta tristeza, branqueara o cabelo, antes grisalho.

No meio desse desalento é que a população foi dormir na terça-feira. Mas, pelas tantas da noite, o sino tocou alegremente, e ouviram-se os gritos:

– As crianças foram encontradas! Levantem-se e venham festejar.

Um cortejo animado foi ao encontro dos que vinham empurrando um carrinho de mão onde estavam Tom e Becky. A algazarra geral se esparramou pelas ruas.

As casas foram iluminadas, e a noite tornou-se uma das mais animadas da cidadezinha.

Tia Polly respirava felicidade. Quanto à senhora Thatcher, para que também fosse completamente feliz, faltava apenas avisar o juiz que a filha já estava em casa. Ele continuava comandando a busca na caverna. Um mensageiro cumpriu a tarefa e, antes do amanhecer, o pai de Becky voltou.

Tom, deitado num sofá, rodeado por um atento auditório, contou a história de sua extraordinária aventura, colorindo-a com detalhes vistosos. O momento culminante era aquele em que deixava Becky exausta e ia explorar novas galerias. Ao fim de uma delas, viu uma luz que o guiou para uma abertura, de onde enxergou o Mississípi e sentiu que estavam salvos. Então voltou, seguindo a linha do papagaio que marcava o caminho, e convenceu Becky a vir com ele.

A abertura da saída era estreita. Tom atravessou primeiro e depois ajudou a menina. Estavam à beira do rio, viram homens em um bote e os chamaram, pedindo socorro. Contaram o que tinha acontecido, e um dos pescadores duvidou:

– Não é possível! A entrada é lá no alto do monte, e vocês estão aqui na beira no rio.

– A gente desceu muito dentro da gruta, que deve ser maior do que se supõe.

Tom e Becky saíram da caverna de dia. Do contrário, o menino nunca teria visto a claridade que os guiou para a salvação. Mas a fraqueza extrema exigiu algumas horas de repouso e alimentação para que as crianças pudessem ser transportadas para a cidade.

Agora, em casa, o organismo dos dois ainda se ressentia do sofrimento, da fome e do cansaço. Foram necessários vários dias de cuidados para que se recuperassem. Tom se levantou na quinta-feira, e Becky ficou de cama até o domingo.

Enquanto convalescia, Tom ficou sabendo dos acontecimentos do monte Cardiff e de que o corpo do "homem esfarrapado" fora encontrado junto ao cais. Decerto se afogara ao tentar fugir pelo rio. Decidiu falar com Huck para tirar a limpo o significado daquilo tudo. Mas, como o amigo estava doente, e a viúva tomava conta dele na casa do galês, os dois meninos não conseguiram ficar a sós. A senhora Douglas controlava as visitas, para evitar que comentassem assuntos que pudessem piorar o estado de saúde de Huck. Ela supunha que um desses "assuntos" era o fato de Tom ter ficado preso na caverna. Na verdade, Tom e Huck tinham mais do que isso para discutir, mas foram impedidos pela presença da viúva no quarto.

Uns quinze dias depois de sua volta, Tom foi à casa dos Thatcher, com a intenção de rever Becky. Lá encontrou alguns amigos do juiz, e um deles indagou, em tom de brincadeira:

– Você voltaria à caverna?

Tom respondeu com segurança:

– Claro que sim!

O juiz ponderou:

– Há outros que pensam como você, mas agora ninguém mais entra lá.

– Por quê?

– Mandei colocar um portão fechando a entrada. Só eu tenho as chaves das duas fechaduras.

Tom ficou pálido e quase caiu.

O juiz perguntou:

– Que aconteceu?

– Injun Joe está na gruta.

A notícia logo se espalhou e, outra vez, por terra e pelo rio, todos correram naquela direção. Tom seguiu com o juiz Thatcher. Quando o portão foi aberto, viram o corpo sem vida de Injun Joe estendido no chão. Conservava na mão a navalha quebrada com que tentara forçar a abertura.

Passado algum tempo, Tom chamou Huck para uma conversa. Nessa altura, o amigo já sabia que ele e Becky tinham ficado presos na gruta, mas havia algo novo para ser revelado. Antes que Tom abrisse a boca, Huck falou:

– Eu sei que no número dois só encontraram bebidas; o dinheiro deve ter sumido...

– Nada disso, Huck, o tesouro está na gruta. Quer ir buscá-lo comigo?

– Claro que sim! Mas será que a gente não pode ficar preso lá dentro?

– Tenho meus truques.

– Então vamos já!

– Precisamos de provisões: pão e carne, muitas velas e fósforos, linha de papagaio para marcar o caminho, um barco e dois sacos para trazermos o tesouro.

Feitos os preparativos, os meninos pegaram um barco "emprestado" de alguém ausente e desceram o rio.

Algumas milhas adiante, Tom mostrou ao amigo a costa, dizendo:

– Vê aquela mancha branca? É onde houve um desabamento, o ponto serve de referência. Vamos desembarcar. Daqui é fácil chegar ao buraco por onde escapei da gruta.

Atracaram o barco, embrenharam-se em meio à vegetação e, pouco depois, Tom exclamou triunfante:

– É aqui, pode crer. Este é o buraco mais bem escondido do mundo! Vamos guardar segredo deste esconderijo, porque sempre é bom ter um lugar secreto.

Entraram na caverna se esgueirando, amarraram a linha de papagaio numa saliência para garantir o retorno e seguiram em frente. Passaram pela fonte onde Tom e Becky tinham vivido tantos temores e encontraram a galeria que terminava no precipício. De fato, não era um despenhadeiro, apenas um declive que, iluminado à luz das velas, seria fácil de transpor. Tom ergueu a vela e mostrou:

– Veja, Huck! Uma cruz feita com fumaça na parede da rocha! Lembra-se do que Injun Joe disse na casa assombrada? "Por baixo da cruz". Aqui é o número dois!

Restava descobrir a caixa do tesouro, que foi encontrada numa cavidade da rocha.

– Conseguimos! – disse Huck, passando a mão pelas moedas.

– Melhor não nos demorarmos aqui. Vamos levar a caixa para um lugar seguro.

Tom a levantou, mas sentiu que era pesada demais para suas forças e que não seria capaz de carregá-la. Foi então que disse:

– Sorte que trouxemos estes sacos.

Os dois meninos passaram o tesouro para os sacos e os carregaram até a saída, de onde seguiram para o barco.

Comeram o lanche que tinham trazido e tomaram o caminho de volta. Chegaram ao desembarcadouro ao anoitecer. Tom pediu:

– Segure as pontas, Huck, que vou pedir a Benny Taylor um carrinho de mão para levarmos o tesouro.

– Não diga a ele o que estamos carregando.

– Nem pensar! É segredo total.

– E onde a gente vai guardar o tesouro?

– No galpão ao fundo da propriedade da viúva Douglas.

– Não tem perigo de ela o encontrar e ficar com ele?

– Lá é seguro, tenho certeza.

Assim, os dois meninos empurraram o carrinho com os sacos de moedas de ouro, tomando o rumo do monte Cardiff. Quando passavam pela casa do velho galês, ele apareceu, dizendo:

– Ainda bem que os encontrei. A viúva Douglas está esperando por vocês.

– Por nós?

– Por que essa cara de susto? Ela lhes preparou uma ótima surpresa! Deixem que eu empurro o carrinho. Puxa vida, que peso! O que estão carregando?

– Ferro-velho.

– Que mania dos meninos daqui de catar ferro-velho! Vamos em frente!

Não havia como escapar das garras do galês, e então o seguiram, embora um tanto desconfiados. Na porta da casa da viúva, o velho deixou o carrinho e os empurrou sala adentro.

De repente, encontraram-se em meio a uma festa. Tom viu Becky na sala e trocou um olhar com ela. Tia Polly, que estava entre os convidados, sentiu-se muito sem jeito ao ver o sobrinho sujo de sebo e caliça. O galês, para aliviar o constrangimento, explicou:

– Encontrei-os na encosta e os trouxe direto para cá.

A viúva Douglas disse:

– Fez muito bem – e, voltando-se para os meninos, acrescentou: – Podem subir e se trocar. Lá em cima, vão encontrar as roupas novas que comprei para Huck. Devem servir para os dois, afinal são do mesmo tamanho. Voltem logo, que estamos à espera de vocês.

Os caminhos de fuga estavam bloqueados. A única saída era fazer o que a viúva mandava. Dessa forma, os dois seguiram para o quarto, onde se lavaram e trocaram de roupa. Huck olhou pela janela e comentou:

– Se tivéssemos uma corda, poderíamos fugir e pegar nosso carrinho lá embaixo.

– Bobagem, as pessoas não mordem...

– Não tenho certeza disso!

– Eu tomo conta de você, fique tranquilo. Todos estão me parecendo muito a nosso favor.

Foi nesse clima que voltaram à sala. Quando Tom passou junto a Becky, ela perguntou:

– Você voltou à caverna?

– Depois explico. Agora tenho um assunto importante para falar com você...

O garoto ia propor casamento à menina, mas teve de se calar, porque o galês começou um discurso sobre os acontecimentos em que Huck se tornara herói. Em seguida, a viúva Douglas completou:

– Huckleberry Finn teve participação decisiva em minha salvação. Por isso, quero trazê-lo para morar em minha casa, cuidar de sua educação e, no futuro, proporcionar-lhe uma quantia em dinheiro para que possa se estabelecer...

Tom interrompeu, dizendo:

– Tudo bem a senhora querer cuidar de Huck. Mas de dinheiro ele não precisa. É rico...

Por educação, e um pouco devido à surpresa, as pessoas não caíram na gargalhada. Tom insistiu:

– Talvez não acreditem, mas ele é rico. Vou provar isso agora mesmo.

Falou e saiu, voltando em seguida com dois sacos de moedas que mal podia carregar. Despejou o dinheiro em cima da mesa e explicou:

– Tudo isso pertence a Huck e a mim. Como veem, é uma fortuna.

Embora algumas das pessoas presentes tivessem muito mais que aquela riqueza, não a possuíam em moeda sonante, e sim em propriedades e negócios. Por isso o espanto em relação ao tesouro dos meninos.

A viúva Douglas completou seu discurso:

– Fico feliz em saber que Huck tem suas posses, mas continuo disposta a assumir sua tutela. Todo menino precisa de uma família, e tanto ele como eu vivemos muito sós.

Houve aplausos e algumas sugestões, como a do juiz Thatcher, de aplicar a fortuna dos garotos em títulos do governo. Com isso, Tom e Huck receberiam mais do que o suficiente para estudar nas melhores escolas e teriam renda para o resto da vida.

Huck e Tom passaram a ser respeitados na cidade como cidadãos prósperos e importantes. Huck, entretanto, teve dificuldade em se adaptar à vida de "menino rico". Comer todos os dias era uma boa, mas havia a obrigação de tomar banho, usar sapatos e, pior que tudo, ir à escola. Decidiu que ia voltar à velha vida. Tom tratou de usar seus argumentos para dissuadir o amigo dessa ideia:

– Podemos formar uma sociedade secreta e planejar grandes aventuras.

– Mas posso fazer tudo isso, mesmo sendo pobre.

– Acho que não, porque vamos precisar de capital para nossas empreitadas.

– Sempre pensei que aventuras eram de graça.

– Às vezes são, mas às vezes custam dinheiro.

E foi assim que os dois garotos continuaram amigos e Huck ficou morando com a viúva Douglas. Por seu lado, Tom e Becky permaneceram noivos.

Não se conta o que fizeram depois de crescidos, porque esta é uma história de meninos, e não de adultos.

QUEM É EDY LIMA?

Jornalista e escritora, Edy Lima nasceu em Bagé (RS) e passou a maior parte da vida em São Paulo, onde mora atualmente.

Escreveu peças de teatro e novelas de tevê, produziu discos para crianças e foi gerente editorial. É autora de muitos livros, alguns traduzidos para o italiano, espanhol e catalão. Em 1972, lançou seu livro de maior sucesso, *A vaca voadora*, que daria início a uma série. Ganhou vários prêmios, entre eles o Jabuti, o da APCA e o do Serviço Nacional de Teatro.

Pela Editora Scipione, publicou oito livros da coleção Opiniões Irreverentes, além de *A gente que ia buscar o dia* e *Ao sol do Novo Mundo*. Este último recebeu o Prêmio Adolfo Aizen da União Brasileira dos Escritores. Para a série Reencontro Infantil, adaptou *Os miseráveis*, de Victor Hugo; para a Reencontro Literatura, *Alice no País das Maravilhas*, de Lewis Carroll; e, para a série Diálogo Jr., escreveu *Melhor que a encomenda*.